„BÜCHER SIND WIE FALLSCHIRME. SIE NÜTZEN UNS NICHTS, WENN WIR SIE NICHT ÖFFNEN."

Gröls Verlag

Redaktionelle Hinweise und Impressum

Das vorliegende Werk wurde zugunsten der Authentizität sehr zurückhaltend bearbeitet. So wurden etwa ursprüngliche Rechtschreibfehler *nicht* systematisch behoben, denn kleine Unvollkommenheiten machen das Buch – wie im Übrigen den Menschen – erst authentisch. Mitunter wurden jedoch zum Beispiel Absätze behutsam neu getrennt, um den Lesefluss zu erleichtern.

Um die Texte zu rekonstruieren, werden antiquarische Bücher von Lesegeräten gescannt und dann durch eine Software lesbar gemacht. Der so entstandene Text wird von Menschen gegengelesen und korrigiert – hierbei treten auch Fehler auf. Wenn Sie ebenfalls antiquarische Texte einreichen möchten, finden Sie weitere Informationen auf www.groels.de

Viel Freude bei der Lektüre wünscht Ihnen das Team des Gröls-Verlags.

Adressen

Verleger: Sophia Gröls, Im Borngrund 26, 61440 Oberursel

Externer Dienstleister für Distribution & Herstellung: BoD, In de Tarpen 42, 22848 Norderstedt

Unsere „Edition | Werke der Weltliteratur" hat den Anspruch, eine der größten und vollständigsten Sammlungen klassischer Literatur in deutscher Sprache zu sein. Nach und nach versammeln wir hier nicht nur die „üblichen Verdächtigen" von Goethe bis Schiller, sondern auch Kleinode der vergangenen Jahrhunderte, die – zu Unrecht – drohen, in Vergessenheit zu geraten. Wir kultivieren und kuratieren damit einen der wertvollsten Bereiche der abendländischen Kultur. Kleine Auswahl:

Francis Bacon • Neues Organon • **Balzac** • Glanz und Elend der Kurtisanen • **Joachim H. Campe** • Robinson der Jüngere • **Dante Alighieri** • Die Göttliche Komödie • **Daniel Defoe** • Robinson Crusoe • **Charles Dickens** • Oliver Twist • **Denis Diderot** • Jacques der Fatalist • **Fjodor Dostojewski** • Schuld und Sühne • **Arthur Conan Doyle** • Der Hund von Baskerville • **Marie von Ebner-Eschenbach** • Das Gemeindekind • **Elisabeth von Österreich** • Das Poetische Tagebuch • **Friedrich Engels** • Die Lage der arbeitenden Klasse • **Ludwig Feuerbach** • Das Wesen des Christentums • **Johann G. Fichte** • Reden an die deutsche Nation • **Fitzgerald** • Zärtlich ist die Nacht • **Flaubert** • Madame Bovary • **Gorch Fock** • Seefahrt ist not! • **Theodor Fontane** • Effi Briest • **Robert Musil** • Über die Dummheit • **Edgar Wallace** • Der Frosch mit der Maske • **Jakob Wassermann** • Der Fall Maurizius • **Oscar Wilde** • Das Bildnis des Dorian Grey • **Émile Zola** • Germinal • **Stefan Zweig** • Schachnovelle • **Hugo von Hofmannsthal** • Der Tor und der Tod • **Anton Tschechow** • Ein Heiratsantrag • **Arthur Schnitzler** • Reigen • **Friedrich Schiller** • Kabale und Liebe • **Nicolo Machiavelli** • Der Fürst • **Gotthold E. Lessing** • Nathan der Weise • **Augustinus** • Die Bekenntnisse des heiligen Augustinus • **Marcus Aurelius** • Selbstbetrachtungen • **Charles Baudelaire** • Die Blumen des Bösen • **Harriett Stowe** • Onkel Toms Hütte • **Walter Benjamin** • Deutsche Menschen • **Hugo Bettauer** • Die Stadt ohne Juden • **Lewis Caroll** • *und viele mehr….*

Edgar Allan Poe

Poe's dunkelste Geschichten

Lebendig begraben

Die Sphinx

Die schwarze Katze

Die Maske des roten Todes

Die Brille

Inhalt

Lebendig begraben 6

Die Sphinx 32

Die schwarze Katze 41

Die Maske des roten Todes 62

Die Brille 74

Lebendig begraben

Es gibt Themen, die für unsern Geist stets von Interesse sein werden, die aber zu entsetzlich sind, als daß die Dichtung sie behandeln könnte. Der Romanschreiber muß sie vermeiden, wenn er nicht in die Gefahr geraten will, Abscheu und Ekel zu erwecken. Sie sind nur dann möglich, wenn Ernst und Majestät des Todes sie heiligen und stützen. Welch „angenehmes Gruseln“ fühlen wir z. B. bei dem Bericht des Überganges über die Beresina, des Erdbebens von Lissabon, der Pest in London, der Metzeleien der Bartholomäusnacht oder des Erstickungstodes der hundertdreiundzwanzig Gefangenen im „Schwarzen Loch“ von Kalkutta. Doch in allen diesen Berichten ist es die Tatsache – ist es die Wirklichkeit – das geschichtliche Ereignis, das aufregt. Als Dichtungen würden wir sie nur mit Abscheu betrachten.

Ich habe hier einige wenige der großen und folgenreichen Unglücksfälle erwähnt; in diesen aber ist es ebensosehr die Größe wie die Art des Unglücks, was auf unsere Phantasie so lebhaften Eindruck macht. Ich brauche dem Leser nicht vorzuhalten, daß ich aus dem langen und schaurigen Register menschlichen Elends manchen Einzelfall hätte herausgreifen können, der leidvoller gewesen ist als irgendeiner dieser Massentode. Das wahre Elend – das tiefste Weh – erlebt der einzelne, nicht die Gesamtheit. Und daß das Fürchterlichste, der Todeskampf, vom einzelnen und nicht von der Gesamtheit getragen wird – dafür laßt uns dem barmherzigen Gott danken!

Lebendig begraben zu werden, ist ohne Frage die grauenvollste aller Martern, die je dem Sterblichen beschieden wurde. Daß es häufig, sehr häufig vorgekommen ist, wird von keinem Denkenden bestritten werden. Die Grenzen, die Leben und Tod scheiden, sind unbestimmt und dunkel. Wer kann sagen, wo das eine endet und das andere beginnt? Wir wissen, daß es Krankheitsfälle gibt, in denen ein völliger Stillstand all der sichtbaren Lebensfunktionen eintritt, und dennoch ist dieser Stillstand nur eine Pause, nur ein zeitweiliges Aussetzen des unbegreiflichen Mechanismus. Einige Zeit vergeht – und eine unsichtbare, geheimnisvolle Ursache setzt die zauberhaften Schwingen, das gespenstische Räderwerk wieder in Bewegung. Die silberne Saite war nicht zerrissen, der goldene Bogen war nicht unrettbar zerbrochen. Wo aber war währenddessen die Seele?

Doch abgesehen von der logischen Schlußfolgerung a priori, daß solche Ereignisse auch ihre Folgen haben müssen, daß diese wohlbekannten Fälle von Scheintod selbstredend hier und da zu einem vorzeitigen Begräbnis führen müssen – abgesehen von dieser Betrachtung haben wir das direkte Zeugnis der Ärzte und der Erfahrung als Beweis, daß zahlreiche solcher Begräbnisse stattgefunden haben. Ich kann auf Verlangen sofort hundert authentisch erwiesene Fälle anführen. Einer derselben, dessen eigenartige Umstände einigen meiner Leser noch frisch im Gedächtnis sein dürften, ereignete sich vor nicht allzulanger Zeit in der benachbarten Stadt Baltimore, wo er in allen Kreisen tiefe und schmerzliche Aufregung hervorrief.

Die Frau eines der angesehensten Bürger – berühmten Advokaten und Kongreßmitgliedes – wurde von einer plötzlichen und unerklärlichen Krankheit befallen, an der die Kunst der Ärzte scheiterte. Nach schrecklichen Leiden starb sie oder wurde wenigstens für tot gehalten. Nicht einer vermutete, daß sie nur scheintot sei – nicht einer hatte Grund dazu. Sie zeigte alle üblichen Merkmale des Todes. Das Gesicht hatte die bekannten verkniffenen und eingesunkenen Züge; die Lippen hatten

Marmorblässe; die Augen waren glanzlos. Sie hatte weder Blutwärme noch Pulsschlag. Drei Tage blieb der Körper unbeerdigt, und in dieser Zeit war er zu Eiseskälte erstarrt. Man beeilte die Bestattung, weil die vermeintliche Zersetzung so rasche Fortschritte machte.

Die Dame wurde in der Familiengruft beigesetzt, und drei Jahre lang blieb diese unberührt. Nach Ablauf dieser Frist wurde sie zur Aufnahme eines Sarkophags geöffnet; – aber ach! welch furchtbarer Schlag erwartete den Gatten, der eigenhändig das Tor aufschloß! Als die Türflügel nach außen aufflogen, sank ein weißgekleidetes Etwas ihm klappernd in die Arme. Es war das Totenskelett seines Weibes in dem noch unverwesten Leichenkleid.

Sorgfältige Nachforschungen ergaben, daß sie zwei Tage nach ihrem Begräbnis wieder erwacht und daß der Sarg infolge ihrer verzweifelten Befreiungsversuche von der Bahre herabgestürzt und zerbrochen war, so daß sie ihm entsteigen konnte. Eine Öllampe, die zufällig gefüllt in der Gruft zurückgelassen worden war, stand leer; das Öl konnte aber auch verdunstet sein. Auf der obersten Stufe der Treppe, die zur Totenkammer hinabführte, lag ein Teil des Sarges, mit dem sie wahrscheinlich gegen das Eisentor geschlagen hatte, um die Aufmerksamkeit auf sich zu lenken. Bei dieser Tätigkeit hatte sie vermutlich eine Ohnmacht – oder auch infolge des Grauens der Tod befallen; beim Niedersinken verfing sich ihr Leichenhemd in irgendeinem vorstehenden Eisenteil des Tores. So blieb sie, und so verweste sie – aufrecht.

Im Jahre 1810 ereignete sich in Frankreich ein vorzeitiges Begräbnis von so seltsamen Umständen, daß sie die Behauptung rechtfertigen: die Wirklichkeit ist oft seltsamer als alle Dichtung. Die Heldin der Geschichte war ein Fräulein Victorine Lafourcade, ein junges und sehr schönes Mädchen aus vornehmer und wohlhabender Familie. Unter ihren zahlreichen Verehrern war auch ein Herr Julien Bossuet, ein armer Gelehrter oder Literat aus Paris. Sein Talent und sein einnehmendes Wesen hatten die Aufmerksamkeit der Erbin erregt, die ihn aufrichtig geliebt zu haben scheint; ihr Familienstolz bewog sie schließlich aber doch, ihn abzuweisen und einen Herrn Renelle zu heiraten, einen Bankier und gewandten Diplomaten. Nach der Hochzeit aber vernachlässigte sie der Gatte – ja mißhandelte sie wohl gar, und nach einigen leidvollen Jahren starb sie – wenigstens glich ihr Zustand so ganz dem Tod, daß jeder, der sie sah, sich täuschen ließ.

Sie wurde begraben – nicht in einer Gruft, sondern in einer gewöhnlichen Grabstätte ihres Heimatdorfes. Voll Verzweiflung und entflammt von der Erinnerung an ihre tiefe Zuneigung reist der abgewiesene Freier von der Hauptstadt nach der entlegenen Provinz, zu jenem Dorf, in der romantischen Absicht, die Leiche auszugraben und sich in den Besitz ihrer wunderbaren Locken zu setzen. Er findet das Grab. Um Mitternacht legt er den Sarg von der Erde bloß, öffnet ihn und ist dabei, das Haar abzuschneiden, als er innehält – denn die geliebten Augen öffnen sich. Man hatte die junge Frau *lebendig begraben*. Die Lebenskraft war noch nicht ganz entwichen, und die Liebkosungen ihres Getreuen erweckten sie aus der Lethargie, die man irrtümlich für Tod gehalten. In wahnsinniger Freude trug er sie nach seiner Wohnung im Dorf, wo er, der einige medizinische Kenntnisse hatte, ihr allerlei Belebungsmittel einflößte. Endlich erholte sie sich. Sie erkannte ihren Erretter. Sie blieb bei ihm, bis sie ihre frühere Gesundheit wieder erlangt hatte. Ihr Frauenherz war nicht von Eisen, und dieser letzte Liebesbeweis erweichte es; sie gab es Bossuet zu eigen. Sie kehrte nicht zu ihrem Gatten zurück, sondern verbarg ihm ihre Auferstehung und entfloh mit dem Geliebten nach Amerika.

Zwanzig Jahre später kamen die beiden wieder nach Frankreich, in der Überzeugung, die Zeit habe das Äußere der Frau so sehr verändert, daß ihre Angehörigen sie nicht wiedererkennen würden. Sie irrten sich jedoch, denn bei der ersten Begegnung erkannte Herr Renelle sein Weib und erhob Anspruch auf sie. Sie weigerte sich aber, zu ihm zurückzukehren, und das Gericht gab ihr recht, indem es entschied, daß die besonderen Umstände und die lange Reihe von Jahren nicht nur billigerweise, sondern auch gesetzlich die Rechte des Gatten ausgelöscht hätten.

Die Leipziger „Chirurgische Zeitung" – eine bedeutende und angesehene Zeitschrift, von der man wünschen möchte, daß sie, in unsere Sprache übersetzt, auch in Amerika erschiene – berichtet in einer der letzten Nummern ein ähnliches Ereignis furchtbarer Art.

Ein Artillerieoffizier, von prächtiger Gestalt und von robuster Gesundheit, wurde von einem störrischen Pferde abgeworfen und trug eine äußerst schwere Kopfwunde davon, die ihm sofort das Bewußtsein nahm; er hatte eine leichte Schädelfraktur, doch schien keine direkte Gefahr vorhanden. Die Trepanierung war erfolgreich; man ließ ihm zur Ader, und viele andere Linderungsmittel wurden angewandt. Trotzalledem nahm die Betäubung, die Erstarrung mehr und mehr zu, und schließlich hielt man ihn für tot.

Es war warmes Wetter, und er wurde mit fast unziemlicher Eile zu Grabe getragen. Das geschah an einem Donnerstag. Am darauffolgenden Sonntag war der Friedhof wie üblich sehr besucht, und um die Mittagszeit brachte ein Bauer die ganze Menge in Aufruhr mit der Behauptung, während er auf dem Grabe des Offiziers gesessen, habe sich die Erde unter ihm bewegt, als suche sich jemand herauszuarbeiten. Zunächst schenkte man der Versicherung des Mannes keinen Glauben, aber sein sichtliches Entsetzen und die Hartnäckigkeit, mit der er bei seiner Aussage verblieb, machten zum Schluß doch Eindruck auf die Menge. Man schaffte eilends Spaten herbei, und das nur oberflächlich zugeschüttete Grab war in wenigen Minuten so weit bloßgelegt, daß der Kopf des Eingesargten sichtbar ward. Er schien tot zu sein, aber er saß aufrecht in seinem Sarg, dessen Deckel er bei seinen wütenden Befreiungsversuchen teilweise abgehoben hatte.

Er wurde sofort ins nächste Hospital gebracht, wo man konstatierte, daß er, wenngleich in tiefer Ohnmacht, noch am Leben sei. Nach einigen Stunden erwachte er, erkannte die an sein

Lager geeilten Freunde und sprach in abgerissenen Sätzen von seinen Befreiungsversuchen im Grabe.

Aus dem, was er sagte, ging hervor, daß er im Grabe mehr als eine Stunde wach gewesen sein mußte, ehe ihn das Bewußtsein verließ. Das Grab war nur oberflächlich mit sehr lockerer Erde angefüllt und ließ daher der Luft etwas Zutritt. Er hörte die Schritte der Menge über sich und versuchte seinerseits, sich hörbar zu machen. Er war der Meinung, das Geräusch der vielen Schritte habe ihn erweckt, doch kaum erwacht, gewahrte er mit namenlosem Entsetzen seine schreckliche Lage.

Dieser Patient – hieß es in dem Bericht weiter – erholte sich wieder, und es schien, als werde er ganz gesunden, da wurde er das Opfer eines medizinischen Experiments. Man wendete die galvanische Batterie bei ihm an, und er verstarb plötzlich in einem Paroxysmus, wie dieses Verfahren ihn manchmal zur Folge hat.

Bei Erwähnung der galvanischen Batterie fällt mir ein wohlbekannter und ganz seltsamer Fall ein, die Tatsache nämlich, daß ihre Anwendung bei einem jungen Londoner Advokaten, der bereits zwei Tage begraben gelegen hatte, diesen wieder ins Leben zurückrief. Das geschah im Jahre 1831 und machte überall, wo davon die Rede war, großes Aufsehen.

Der Patient, Herr Eduard Stapleton, war anscheinend an Typhus gestorben, doch unter eigenartigen Begleitumständen, welche die Neugier seiner Ärzte erregt hatten. Nach seinem Hinscheiden ersuchte man die Verwandten, eine Sezierung der Leiche zu gestatten, was aber abgelehnt wurde. Wie das nach solcher Weigerung oft geschieht, beschlossen die Ärzte, den Leichnam auszugraben und dennoch heimlich zu sezieren. Man einigte sich mit einer Bande von Leichenräubern, wie sie in London nicht selten sind, und in der dritten Nacht nach dem Begräbnis wurde die angebliche Leiche aus ihrem acht Fuß tiefen Grabe hervorgeholt und in das Operationszimmer eines Privatspitals gebracht.

Ein ziemlich großer Schnitt in den Unterleib zeigte, daß das Fleisch noch frisch und unverwest war, und brachte die Arzte auf den Einfall, die galvanische Batterie anzuwenden. Ein Experiment folgte dem andern und hatte die üblichen Wirkungen, die nur in zwei Fällen den konvulsivischen Zuckungen ein mehr als gewöhnliches Leben gaben.

Es wurde spät. Der Tag dämmerte, und man hielt es für ratsam, endlich die Sektion vorzunehmen. Ein Student jedoch, der gern eine eigene Theorie erproben wollte, bestand darauf, die Batterie auf einen der Brustmuskel anzuwenden. Man machte schnell einen Schnitt und brachte einen Draht in Kontakt mit dem Muskel. Da plötzlich erhob sich der Patient mit einer schnellen, doch keineswegs konvulsivischen Bewegung vom Tisch, schritt in die Mitte des Zimmers, blickte sekundenlang unsicher umher und sprach. Was er sagte, war nicht zu verstehen; aber er äußerte Worte, bildete Silben. Als er gesprochen hatte, fiel er schwer zu Boden.

Einen Augenblick waren alle gelähmt von Entsetzen; doch das Bewußtsein, daß hier rasch eingegriffen werden müsse, gab ihnen bald die Geistesgegenwart zurück. Man entdeckte, daß Herr Stapleton ohnmächtig, aber am Leben war. Nach Anwendung von Äther erwachte er und konnte schnell wiederhergestellt und seinen Verwandten zurückgegeben werden. Ihr Erstaunen – ihre namenlose Verwunderung sei hier verschwiegen.

Das Unerhörteste aber an dem ganzen Ereignis ist das, was Herr Stapleton selbst berichtet. Er erklärt, die ganze Zeit über nie völlig besinnungslos gewesen zu sein, sondern – wenn auch unklar und verwirrt – alles gewußt zu haben, was mit ihm vorging – vom Augenblick an, da die Ärzte ihn für „tot" erklärten, bis zu dem, da er im Hospital ohnmächtig zu Boden sank. „Ich lebe" waren die unverständlichen Worte, die er, als er vom Seziertisch heruntertaumelte, in seiner äußersten Not herausstieß.

Es wäre ein leichtes, noch viele solcher Geschichten anzuführen; ich unterlasse es aber, denn wir bedürfen ihrer nicht zur Feststellung der Tatsache, daß verfrühte Begräbnisse stattfinden. Wenn wir bedenken, wie selten es naturgemäß in unserer Macht liegt, solche Fälle aufzudecken, so müssen wir zugeben, daß sie häufig genug ohne unser Wissen vorkommen. Tatsächlich finden kaum je in einem Friedhof umfangreiche Umgrabungen statt, ohne daß Skelette aufgefunden werden, deren Haltung die fürchterlichsten Vermutungen rechtfertigt.

Fürchterlich die Vermutung, doch fürchterlicher noch das Schicksal selbst! Es ist nicht zu viel gesagt mit der Behauptung, daß *kein* Ereignis so grauenvoll geeignet ist, Leib und Seele aufs äußerste zu schrecken, wie das Lebendigbegrabensein. Der unerträgliche, atemraubende Druck – die erstickenden Dünste der feuchten Erde – das hemmende Leichengewand – die harte Enge des schmalen Hauses – das Dunkel vollkommener Nacht – die alles verschlingende Woge ewiger Stille – die unsichtbare, doch fühlbare Nähe des Eroberers Wurm – diese Dinge und der Gedanke, daß droben die Gräser im Winde wehn, und die Erinnerung an liebe Freunde, die, wenn sie nur unser Schicksal ahnten, zu unserer Rettung herbeieilen würden, und das Bewußtsein, daß sie dies Schicksal *nie* erfahren werden – daß wir ohne alle Hoffnung zu den wirklich Toten zählen – diese Betrachtungen, sage ich, tragen in das noch pulsende Herz ein so namenloses Grauen, wie selbst die stärkste Phantasie es nicht beschreiben kann. Gibt es auf Erden ähnlich Grauenvolles – können wir uns selbst für die tiefste Hölle solche Schrecken träumen? Und daher begegnet man derartigen Berichten mit so besonderem Interesse – aber einem Interesse, das ganz von unserem Glauben an die *Wahrheit* des geschilderten Ereignisses abhängig ist. Was ich jetzt erzählen will, habe ich selbst am eigenen Leibe erfahren.

Ich war jahrelang den Anfällen jener seltsamen Krankheit unterworfen, der die Ärzte in Ermangelung einer treffenden Bezeichnung den Namen Katalepsie gegeben haben. Obgleich die mittelbaren und unmittelbaren Ursachen fast unbekannt sind, ja sogar die Krankheitsdiagnose selbst noch dunkel ist, so sind doch ihre äußerlich wahrnehmbaren Merkmale zur Genüge bekannt. Ihre Haupteigenschaft besteht in der Verschiedenartigkeit ihrer Anfälle. Manchmal liegt der Patient nur einen Tag oder selbst kürzere Zeit in vollständiger Lethargie. Er ist gefühllos und regungslos, aber der Herzschlag ist noch schwach fühlbar, der Körper ist noch ein wenig warm, ein leichtes Rot färbt die Wangen, und wenn man den Lippen einen Spiegel nähert, so kann man ein träges, unregelmäßiges Atmen wahrnehmen. Dann wieder dauert dieser Zustand Wochen – ja Monate, und dann vermögen die sorgfältigsten ärztlichen Untersuchungen nicht mehr einen Unterschied festzustellen zwischen dem Zustand des Kranken und dem, was wir als Tod bezeichnen. Sehr häufig wird er nur dadurch vor vorzeitigem Begrabenwerden bewahrt, daß seine Freunde von früheren kataleptischen Anfällen wissen und daher argwöhnisch sind, und vor allem dadurch, daß keine Verwesung eintritt. Die Krankheit macht glücklicherweise nur langsame Fortschritte; schon ihre ersten Anzeichen sind unzweideutiger Natur. Nach und nach werden die Anfälle stärker und dauern von Mal zu Mal länger.

Hierin hauptsächlich liegt die Sicherheit vor einem allzufrühen Begrabenwerden. Der Unglückselige, dessen *erster* Anfall bereits die Heftigkeit des letzten hätte, würde unvermeidlich lebendig zu Grabe getragen.

Mein eigener Fall wich in nichts von den in medizinischen Büchern geschilderten Fällen ab. Ohne ersichtliche Ursache überfiel mich hie und da ein ohnmachtartiger Zustand, in dem ich ohne Schmerzen und regungslos, ja ohne Denkvermögen verharrte, immer aber mit dem schwachen Bewußtsein dessen, was an meinem Lager vorging, bis ich ganz plötzlich wieder zu vollem Bewußtsein erwachte. Zu andern Zeiten packte es mich rasch und ungestüm. Mir wurde übel, mich fröstelte, und ein Schwindelanfall warf mich rasch zu Boden. Dann war wochenlang alles um mich her leer und stumm und schwarz, und das Weltall wurde zum Nichts. Es war der vollkommene Tod. Aus diesen letzteren Anfällen aber erwachte ich weit langsamer, als ich davon befallen wurde. Gleichwie dem freund- und heimatlosen Bettler, der die lange einsame Winternacht durch die Straßen irrt, die Morgendämmerung nur zögernd, nur ganz allmählich und doch wie beglückend erscheint – geradeso kehrte das Licht meiner Seele zurück.

Abgesehen von diesen kataleptischen Anfällen schien mein Gesundheitszustand gut und keiner Beeinflussung durch diese Krankheit unterworfen – bis auf eine gewisse Eigentümlichkeit meines gewöhnlichen Schlafes. Wenn ich erwachte, war ich nie sofort Herr meiner Sinne, sondern blieb minutenlang erschreckt und verwirrt; die geistigen Fähigkeiten, besonders das Gedächtnis, waren wie gelähmt.

In all meinem Leiden gab es kaum physische Schmerzen, aber eine unerträgliche seelische Depression. Meine Phantasie sah nichts als Leichen. Ich sprach von Würmern, Grab und Leichenstein. Ich versank in Träumereien über den Tod und war von der düstern Ahnung erfaßt, einmal lebendig begraben zu werden. Diese gespenstische Gefahr verfolgte mich Tag und Nacht; bei Tag quälten mich grausige Grübeleien, des Nachts war ich dem Wahnsinn nahe. Wenn Dunkelheit sich über die Erde breitete, schreckten mich die Gedanken, und ich bebte – bebte wie die schwankenden Federn auf den Köpfen der Pferde beim Leichenbegängnis. Wenn ich mich nicht mehr wach halten konnte, so kostete es mich einen Kampf, schlafen zu gehen, – denn mir grauste bei dem Gedanken, ich könne mich beim Erwachen im Grabe finden. Und wenn ich schließlich in Schlummer sank, so vermochte ich es nur, um sogleich in einem Meer von Phantasien zu versinken, das überschattet wurde von den riesigen, schwarzen Schwingen jenes einen Grabgedankens.

Aus den zahllosen düstern Bildern, die mich in Träumen ängsteten, will ich nur eine einzige Vision berichten. Mir war, als läge ich in einer Erstarrung, die tiefer war und länger dauerte als je vorher. Da plötzlich legte sich eine eisige Hand auf meine Stirn, und eine ungeduldige Stimme rasselte mir ins Ohr: „Steh auf!"

Ich saß aufrecht. Es war völlig finster. Ich konnte die Gestalt nicht sehen, die mich geweckt hatte. Ich konnte mich weder erinnern, wann dieser Anfall mich erfaßt hatte noch wo ich mich überhaupt befand. Ich harrte regungslos und mühte mich, meine Gedanken zu sammeln, aber die kalte Faust packte mich wild am Handgelenk und schüttelte mich, und die rasselnde Stimme sagte von neuem:

„Steh auf! Gebot ich dir nicht, aufzustehen?"

„Wer bist du?" fragte ich.

„Ich habe keinen Namen dort, wo ich hause,“ erwiderte die Stimme klagend; „ich war sterblich und bin doch Dämon. Ich war unbarmherzig und bin mitleidig. Du fühlst, daß ich schaudere. Meine Zähne klappern – aber nicht, weil die Nacht so frostig ist – die endlose Nacht. Doch dies Grauen, dieser Ekel ist unerträglich! Wie kannst *du* ruhig schlafen? Ich kann nicht Ruhe finden vor dem Schrei der Todesängste. Diese Seufzer sind mehr, als ich ertragen kann. Steh auf! Komm mit mir hinaus in die Nacht und laß mich dir die Gräber öffnen. Ist dieser Anblick nicht ein furchtbar Weh? – Sieh!“

Ich blickte; und die unsichtbare Gestalt, die mich noch immer an der Hand hielt, hatte die Gräber der ganzen Menschheit aufgeworfen, und aus einem jeden drang ein schwacher Phosphorschein der Verwesung, so daß ich in den tiefsten Schlund hinabsehen und die eingesargten Leichen in ihrem trauervollen Schlafe mit den Würmern schauen konnte. Aber ach! der wirklichen Schläfer waren es Millionen weniger als der Wachenden; und da war ein Kämpfen und Wehren und eine allgemeine schmerzliche Unruhe; und aus den Tiefen der zahllosen Gruben drang das melancholische Rauschen der

Totenhemden; und unter denen, die still zu ruhen schienen, sah ich, daß viele mehr oder weniger die kalte, unbequeme Lage, in der man sie hinabgesenkt, verändert hatten. Und wie ich blickte, sagte die Stimme von neuem: „Ist es nicht – oh, ist es nicht ein schmerzlicher Anblick?“ Doch ehe ich die Antwort finden konnte, hatte die Gestalt meine Hand losgelassen, der Phosphorschein erlosch, und die Gräber schlossen sich plötzlich; aus ihrem Innern aber hob sich ein Chaos verzweifelter Schreie, und wieder klang es: „Ist es nicht – o Gott! ist es nicht ein schmerzlicher Anblick?“

Solche Nachtphantasien übten auch auf meine wachen Stunden ihren entsetzlichen Einfluß. Meine Nerven waren völlig zerrüttet, und ich war die Beute ewigen Grauens. Ich wagte mich weder zu Fuß noch zu Pferd aus dem Hause, von dem ich mich nicht mehr entfernen wollte, um stets in der Nähe derer zu sein, die meine Neigung zu kataleptischen Anfällen kannten; hätte es sich andernfalls nicht ereignen können, daß ich begraben wurde, ehe mein wahrer Zustand festgestellt werden konnte? Ich fürchtete, ein Anfall von außergewöhnlich langer Dauer könne sie an meinem Wiedererwachen zweifeln lassen. Ich ging sogar so weit, zu argwöhnen, man werde sich freuen, in einem besonders hartnäckigen Anfall willkommene Gelegenheit zu finden, sich meiner zu entledigen. Vergebens versuchten sie mich mit feierlichen Versprechungen zu beruhigen. Ich nahm ihnen die heiligsten Schwüre ab, mich unter keinen Umständen eher zu begraben, als bis die Verwesung so weit fortgeschritten wäre, daß ein längeres Lagern unmöglich sei; und selbst dann noch wollte meine tödliche Angst keiner Vernunft gehorchen, keinen Trost annehmen. Ich traf eine Reihe mühsamer Vorsichtsmaßregeln. Unter anderem ließ ich die Familiengruft so umbauen, daß sie von innen leicht geöffnet werden konnte. Der leiseste Druck auf einen langen Hebel, der tief in die Grabkammer hineinreichte, ließ die eisernen Tore auffliegen. Auch traf ich Vorsorge, daß Luft und Licht freien Zutritt hatten und daß dicht bei dem Sarge, der mich aufnehmen sollte, Gefäße für Speise und Trank bereitstanden. Der Sarg selbst war weich und warm gefüttert und mit einem Deckel versehen, der nach Art der Grufttür eingerichtet war, nur daß hier schon die leiseste Körperbewegung genügte, um den Deckel zu lüften. Überdies hing von der Decke der Grabkammer eine große Glocke herab, deren Seil durch ein Loch im Sarge hineingeführt und an der Hand der Leiche befestigt werden sollte. Aber ach! Was vermag alle Vorsicht gegen das Schicksal. Selbst diese wohlbedachten Maßregeln vermochten nicht, einen Unglücklichen, der dazu voraus bestimmt worden war, vor den unerhörten Schrecken des Lebendigbegrabenwerdens zu bewahren!

Es kam eine Zeit, da ich – wie schon so oft – aus völliger Bewußtlosigkeit zum ersten schwachen Daseinsgefühl wieder erwachte. Langsam – schneckenlangsam – dämmerte meiner Seele der Tag. Träge Unbehaglichkeit; dumpfes Schmerzgefühl; keine Sorgen – kein Hoffen – kein Wollen. Dann, nach langer Pause, Ohrensausen; dann, nach noch längerer Pause, ein stechendes, prickelndes Gefühl in den Gliedern. Dann eine ewiglange Zeit frohen Behagens, während das erwachende Bewußtsein nach Gedanken ringt; dann ein kurzes Zurücksinken ins Nichts; dann wieder plötzliches Erholen. Endlich leises Erbeben der Augenlider und gleich darauf ein Schreck wie ein elektrischer Schlag, tödlich und endlos, der das Blut von den Schläfen zum Herzen peitscht. Und nun der erste positive Versuch, zu denken. Und nun der Versuch, sich zu erinnern. Und nun habe ich das Gedächtnis so weit zurückerlangt, daß ich mir in gewissem Grade von meinem

Zustand Rechenschaft geben kann. Ich fühle, daß es nicht ein gewöhnlicher Schlaf ist, aus dem ich erwache. Ich entsinne mich, einen kataleptischen Anfall gehabt zu haben. Und nun überflutet meine schaudernde Seele wie ein rasendes Meer die eine grausige Angst – der *eine* gespenstische und herrschende Gedanke.

Minutenlang, nachdem diese Vorstellung mich erfaßt, verblieb ich regungslos. Und warum? Ich konnte den Mut nicht finden, mich zu rühren. Ich wagte nicht, die Bewegung zu machen, die mir mein Schicksal offenbart hätte, und dennoch flüsterte eine Stimme in meinem Herzen: *„Es ist so!“* Verzweiflung – wie keine andere Lage sie schaffen kann – Verzweiflung veranlaßte mich nach langer Unentschlossenheit, die schweren Augenlider zu heben. Es war finster – ganz finster. Ich wußte, der Anfall war vorüber. Ich wußte, die Krisis meiner Krankheit war lange vorbei. Ich wußte, daß ich jetzt den vollen Gebrauch meines Gesichtssinnes wiedererlangt hatte – und dennoch war es finster – ganz finster – die tiefe Dunkelheit ewiger Nacht.

Ich versuchte zu schreien, und meine Lippen und meine verdorrte Zunge mühten sich vereint und krampfhaft – aber keine Stimme entrang sich den hohlen Lungen, die, wie von Bergeslast bedrückt, bei jedem mühevollen Atemzug gemeinsam mit dem Herzen grausam aufzuckten.

Die Bewegung der Kinnbacken bei der Anstrengung des Rufenwollens zeigte mir, daß sie von Kinn zu Kopf mit einem Tuch umwunden waren, wie das bei Leichen zu geschehen pflegt. Auch fühlte ich, daß ich auf etwas Hartem lag, und auch meine Seiten wurden von etwas Hartem eingeengt. Bis jetzt hatte ich nicht gewagt, ein Glied zu rühren – nun aber warf ich heftig die Arme empor, die bisher mit gekreuzten Händen dalagen. Sie berührten eine feste Holzmasse, die sich über meinem Körper in einer Höhe von kaum sechs Zoll hinzog. Ich konnte nicht länger zweifeln, daß ich im Sarg lag.

Und nun, inmitten all meines namenlosen Elends, nahte sich mir der süße Engel der Hoffnung – denn ich dachte an meine Vorsichtsmaßregeln. Ich rührte mich und machte krankhafte Versuche, den Deckel aufzuzwängen; er bewegte sich nicht. Ich suchte an meinen Handgelenken nach der Glockenschnur; sie war nicht zu finden. Und nun entfloh der Tröster für immer, und eine noch tiefere Verzweiflung gewann die Oberhand. Ich bemerkte, daß die von mir gewünschte Polsterung fehlte, und in meine Nase stieg der eigenartig herbe Geruch feuchter Erde. Die Schlußfolgerung war unumgänglich: Ich befand mich *nicht* in der Gruft. Ich war während einer Abwesenheit von Hause – unter Fremden – von einem Anfall ergriffen worden; an ein Wann oder Wie wußte ich mich nicht zu entsinnen. Und diese Fremden hatten mich begraben wie einen Hund – in irgendeinen Sarg gesteckt, den sie vernagelt und tief, tief und für immer in ein gewöhnliches und namenloses *Grab* gesenkt hatten.

Als diese gräßliche Überzeugung sich im geheimsten Fach meiner Seele gebildet hatte, versuchte ich von neuem, laut aufzuschreien; und dieser zweite Versuch gelang. Ein langer, wilder und anhaltender Schrei, ein Todesgellen, echote durch die Reiche der unterirdischen Nacht.

„Hallo, hallo, was gibt's?“ gab eine rauhe Stimme Antwort. „Was zum Teufel ist denn los?“ sagte eine zweite. „Heraus mit Euch!“ sagte eine dritte. „Was soll das heißen, daß Ihr losheult wie ein Kettenhund?“ sagte eine vierte. Und hierauf ward ich ergriffen und minutenlang unsanft von einer Gruppe wüstblickender Gesellen geschüttelt. Sie holten mich nicht etwa aus dem Schlaf – denn ich war hellwach, als ich schrie – aber sie setzten mich wieder in den Besitz meines Gedächtnisses.

Dieses Abenteuer ereignete sich in der Nähe von Richmond in Virginia. In Begleitung eines Freundes hatte ich eine Jagdexpedition an den Ufern des James-Flusses unternommen. Die Nacht kam, und ein Sturm überraschte uns. Die Kabine einer kleinen Schaluppe, die im Strom vor Anker lag und mit Gartenerde geladen war, bot uns den einzigen Schutz. Wir behalfen uns also, so gut es ging, und verbrachten die Nacht an Bord. Ich schlief in einer der zwei einzigen Kojen, die das Schiff aufzuweisen hatte – und die Kojen einer Schaluppe von sechzig bis siebzig Tonnen sind in ihrer Kleinheit kaum zu beschreiben. Die meinige hatte überhaupt kein Lager. Ihre größte Breite betrug achtzehn Zoll. Die Entfernung vom Boden zum Dach war genau dieselbe. Es wurde mir sehr schwer, mich hineinzuzwängen. Trotzdem schlief ich fest, und meine ganze Vision – denn es war kein Traum und kein Alp – entsprang natürlich den eigentümlichen Umständen meiner Lage, meinem gewohnten Gedankengang und der erwähnten Schwierigkeit, unter der ich litt, meine Sinne zu sammeln, besonders nach langem Schlaf das Gedächtnis wiederzuerlangen.

Die Männer, die mich schüttelten, waren die Bemannung des Schiffes und ein paar Ladearbeiter. Von der Last selbst rührte der Erdgeruch her. Das Tuch um die Kinnladen war ein seidenes Taschentuch, das ich mir in Ermangelung meiner gewohnten Nachtmütze um den Kopf geschlungen hatte.

Die erduldeten Martern aber waren unzweifelhaft jenen des Lebendigbegrabenseins völlig gleich. Sie waren schrecklich – sie waren unsagbar grauenhaft. Doch der schlimme Umstand hatte eine günstige Folge. Meine Seele bekam Ruhe und Haltung. Ich ging auf Reisen. Ich unterwarf mich körperlichen Anstrengungen. Ich atmete freie Himmelsluft. Ich dachte an andere Dinge als Tod. Ich entfernte meine medizinischen Bücher. „Buchan" verbrannte ich. Ich las keine „Nachtgedanken", keine bombastischen Kirchhofsmärchen und Schauergeschichten – wie diese hier. Binnen kurzem wurde ich ein neuer Mensch und führte ein männliches Leben. Seit jener denkwürdigen Nacht verlor ich für immer meine Todesgedanken, und mit ihnen verschwanden meine kataleptischen Zustände, von denen sie vielleicht weniger die Folge als die Ursache gewesen waren.

Es gibt Augenblicke, wo selbst dem klugen Auge der Vernunft die Welt unseres traurigen Menschendaseins als Hölle erscheint; aber die Phantasie des Menschen vermag ihre ewigen Grüfte nicht ungestraft zu durchstreifen! Weh! Die grausigen Legionen der Grabesschrecken sind keine Hirngespinste; doch gleich den Dämonen, in deren Gesellschaft Afrasiab den Oxus hinabschiffte, müssen sie schlafen, oder sie verschlingen uns – muß man sie schlummern lassen, oder wir gehen zugrunde.

Die Sphinx

Zur Zeit, als die fürchterliche Cholera in Neuyork herrschte, war ich der Einladung eines Verwandten gefolgt, vierzehn Tage in seinem Landhaus am Ufer des Hudson zu verbringen. Wir hatten hier alles, was man zur sommerlichen Unterhaltung braucht, und wir hätten die Zeit mit Waldspaziergängen und Malen, mit Rudern, Fischen, Baden, Musizieren und Lesen recht angenehm verbracht, wäre uns nicht allmorgendlich aus der volkreichen Stadt so grausige Botschaft zugegangen. Kein Tag ging hin, ohne uns Nachricht von dem Ableben irgendeines Bekannten zu bringen. Dann, als das Verhängnis zunahm, lernten wir, täglich mit dem

Verlust eines Freundes zu rechnen. Schließlich zitterten wir beim Nahen jedes Boten. Die ganze Luft von Süden her schien uns nach Tod zu riechen. Ja, diese lähmende Vorstellung nahm von meiner ganzen Seele Besitz. Ich konnte von nichts anderm mehr reden oder träumen, an nichts andres mehr denken. Mein Gastgeber war nicht von so leichter Erregbarkeit, und obgleich er sehr niedergeschlagen blieb, bemühte er sich noch, meine Lebensgeister zu heben. Sein sehr philosophischer Verstand ließ sich nicht von Unwirklichkeiten berühren. Die wirklichen Schrecken empfand er stark genug, für ihre Schatten aber, ihre Spiegelungen, hatte er kein Verständnis.

Seine Versuche, mich dem unnatürlichen Trübsinn, dem ich verfallen war, zu entreißen, wurden durch einige Schriften, die ich in seiner Bibliothek gefunden hatte, wieder zunichte gemacht. Sie waren derart, daß sie den Samen ererbten Aberglaubens, der latent in mir vorhanden war, zum Keimen brachten. Ich hatte jene Bücher ohne sein Wissen gelesen, und so blieb er im unklaren darüber, auf welche Ursachen meine unheimlichen Phantasien zurückzuführen seien.

Ein bei mir beliebtes Thema war der volkstümliche Glaube an Zeichen und Wunder – ein Glaube, den ich nach meiner damaligen Lebensauffassung ernstlich zu verteidigen geneigt war. Wir führten lange und angeregte Zwiegespräche über diesen Gegenstand; er betonte, wie ganz unbegründet der Glaube an solche Dinge sei; ich behauptete, ein so völlig selbständiges, das heißt ohne sichtbare Spuren einer Suggestion entstandenes Volksempfinden trage die nicht mißzuverstehenden Elemente der Wahrheit in sich und verdiene größte Beachtung.

Tatsache ist, daß bald nach meinem Eintreffen dort im Landhaus mir ein so ganz unerklärliches Ereignis begegnete, daß meine Neigung, darin ein Omen zu sehen, begreiflich war. Es erschreckte, verwirrte und bestürzte mich gleichzeitig so, daß viele Tage vergingen, ehe ich mich dazu entschließen konnte, meinem Freunde die Umstände mitzuteilen.

Ein außerordentlich warmer Tag ging zu Ende, als ich mit einem Buch in Händen am offenen Fenster saß, das hinter einem weiten Blick auf beide Flußufer einen fernen Hügel sehen ließ. Ein sogenannter Erdrutsch hatte die mir zugekehrte Seite der Berglehne zum großen Teil der Bäume beraubt. Meine Gedanken waren lange von dem Buch vor mir zu der Trauer und Verzweiflung der nachbarlichen Stadt gewandert. Als ich die Blicke von den Seiten erhob, fielen sie auf die kahle Bergwand und auf ein Wesen – ein lebendiges Ungeheuer von entsetzlicher Gestalt, das eilig seinen Weg vom Gipfel zur Talsohle nahm und schließlich drunten im dichten Forst verschwand. Als dieses Geschöpf zuerst sichtbar wurde, zweifelte ich an meinen gesunden Sinnen, wenigstens an der Klarheit meines Blickes, und viele Minuten vergingen, ehe ich mich wirklich überzeugt hatte, weder verrückt noch traumbefangen zu sein. Wenn ich nun aber das Ungeheuer beschreibe (das ich deutlich sah und ruhig auf seinem ganzen Wege beobachtete), so – fürchte ich – werden meine Leser hinsichtlich dieser beiden Punkte schwerer zu überzeugen sein als sogar ich selbst.

Aus einer Vergleichung mit dem Umfang der großen Bäume, an denen das Ungetüm vorüberkam – der paar Waldriesen, die der Wucht des Erdrutsches standgehalten hatten –, mußte ich schließen, daß es weit größer war als irgendein vorhandenes Linienschiff. Ich sage „Linienschiff“, weil die Gestalt des Monstrums den Gedanken nahelegte; der Rumpf eines unsrer mit vierundsiebzig Kanonen bestückten Linienschiffe vermittelt ein ganz anschauliches Bild von dem Bau des Tieres. Sein Maul befand sich am Ende eines sechzig bis siebzig Fuß langen Rüssels, der den Umfang eines normalen Elefanten hatte. An der Wurzel dieses Rüssels war ein wahrer Wald von schwarzem zottigen Haar – mehr als genügend für die Felle von ein paar Dutzend Büffeln, und aus diesem Haarwald sprangen seitlich und abwärts geneigt zwei schimmernde Stoßzähne vor, ähnlich denen des wilden Ebers, doch von ganz maßloser Größe. Gleichlaufend mit dem Rüssel und an dessen beiden Seiten streckte sich je ein riesiger, dreißig bis vierzig Fuß langer Schaft vor, der aus klarstem Kristall zu bestehen schien und ganz die Form eines Prismas hatte: – er gab eine prachtvolle Spiegelung der Strahlen der untergehenden Sonne. Der Rumpf war keilförmig, das dünne Ende am Erdboden. Aus dem Rumpf breiteten sich zwei Paar Flügel auf – jeder Flügel von fast hundert Meter Länge – das eine Paar saß über dem andern, und alles war dicht mit metallenen Schuppen besetzt, jede Schuppe von etwa zehn bis zwölf Fuß Durchmesser. Ich beobachtete, daß das obere Schwingenpaar mit dem untern durch eine starke Kette verbunden war. Doch die größte Besonderheit dieses entsetzlichen

Wesens war das Bild eines Totenkopfs, das fast seine ganze Brust bedeckte und sich von dem dunklen Hintergrund des Körpers so deutlich in schimmernder Weise abhob, als habe es ein Künstler sorgfältig gezeichnet. Während ich das fürchterliche Tier und besonders die Zeichnung auf seiner Brust mit Scheu und Grausen betrachtete – mit einem Vorgefühl kommenden Unheils, das ich mit allen Vernunftgründen nicht besiegen konnte –, sah ich, wie sich plötzlich die gewaltigen Kiefer am Ende des Rüssels auftaten, und es folgte ein so lautes und ausdrucksvolles Wehgeheul, daß es auf meine Nerven wie eine Totenglocke wirkte; und als das Ungeheuer am Fuße des Hügels verschwand, sank ich zugleich ohnmächtig zu Boden.

Als ich mich erholte, war natürlich mein erster Gedanke, meinem Freund von dem, was ich gesehen und gehört hatte, Mitteilung zu machen – und ich habe kaum eine Erklärung dafür, welche widerstrebende Empfindung mich davon zurückhielt.

Eines Abends endlich, drei oder vier Tage nach dem Ereignis, saßen wir zusammen in dem Zimmer, von dem aus ich die Erscheinung gesehen hatte – ich in demselben Stuhl an demselben Fenster und er faulenzend auf einem Sofa nahe dabei.

Da es die gleiche Zeit wie damals und der gleiche Ort war, fühlte ich mich veranlaßt, ihm von dem Wunder zu berichten. Er hörte mich bis zu Ende an – lachte zuerst herzlich und verfiel dann in einen übertriebenen Ernst, als stände meine Verrücktheit außer Zweifel. In diesem Augenblick sah ich das Ungetüm wieder ganz deutlich, und mit einem Aufschrei wirklichen Entsetzens lenkte ich seine Aufmerksamkeit darauf. Er blickte eifrig hin, behauptete aber, nichts zu sehen, obwohl ich den Weg, den die Kreatur am kahlen Berghang herunter nahm, eingehend beschrieb.

Jetzt war ich maßlos bestürzt, denn nun erachtete ich die Vision entweder als ein Vorzeichen meines baldigen Todes oder, schlimmer noch, als den Vorläufer eines Anfalls von Wahnsinn. Ich warf mich in höchster Erregung in den Stuhl zurück und begrub mein Gesicht in den Händen. Als ich die Augen wieder freigab, war die Erscheinung nicht mehr zu sehen.

Mein Gastgeber jedoch hatte seine Ruhe einigermaßen wiedergewonnen und befragte mich sehr eingehend über die Gestalt des Phantoms. Als er hierüber von mir vollkommen unterrichtet war, seufzte er tief auf, als sei eine unerträgliche Last von ihm abgefallen, und redete mit einer Ruhe, die mir grausam schien, über verschiedene Punkte der spekulativen Philosophie, die bisher ein Thema unsrer Unterredungen gewesen waren. Ich entsinne mich, daß er unter anderm sehr eingehend bei dem Gedanken verweilte, der Grundirrtum aller menschlichen Forschung sei der Hang des Untersuchenden, die Bedeutung eines Gegenstandes lediglich durch falsche Berechnung seiner Entfernung zu übertreiben oder zu unterschätzen.

„Um beispielsweise“, sagte er, „den Einfluß einer weitgehenden Verbreitung der Demokratie auf die Menschheit im allgemeinen festzustellen, sollte bei der Berechnung der Faktor mit einbezogen werden, wie weit entfernt der Zeitpunkt ist, an dem eine solche Durchdringung vollzogen sein könnte. Kannst du mir nun aber einen einzigen Schriftsteller der Staatskunst nennen, dem es je eingefallen wäre, diese besondere Seite des Gegenstandes überhaupt einer Behandlung zu würdigen?“

Hier hielt er inne, schritt zu einem Bücherschrank und entnahm ihm einen naturgeschichtlichen Leitfaden. Dann bat er mich, den Platz mit ihm zu wechseln, damit er den kleinen Druck des Buches besser erkenne, nahm meinen Armstuhl am Fenster ein, öffnete das

Buch und führte seinen Vortrag in ähnlichem Ton wie vorher zu Ende.

„Nur infolge der außerordentlichen Genauigkeit," sagte er dann, „mit der du das Monstrum beschrieben hast, bin ich in der Lage, dir darzutun, was es gewesen ist. Zunächst laß mich dir eine für den Schulunterricht bestimmte Beschreibung der Gattung Sphinx vorlesen, aus der Familie der Crepuscularia und der Ordnung der Lepidoptera, zur Klasse der Insecta oder Insekten gehörig. Der Abschnitt lautet:

„Vier hautartige Schwingen, besetzt mit kleinen farbigen, metallisch schimmernden Schuppen; das Maul bildet einen aufgerollten Rüssel, der eine Verlängerung des Kiefers darstellt; zu beiden Seiten befinden sich Rudimente des Kiefers und flaumiger Fühlhörner; das untere Flügelpaar wird mit dem oberen durch ein straffes Haar verbunden; die eigentlichen Fühlhörner haben die Gestalt einer langen prismatischen Keule; Hinterleib spitz zulaufend. Die Totenkopf-Sphinx hat zuzeiten die Bevölkerung durch den schwermütigen Ton entsetzt, den sie ausstößt, wie auch durch das Symbol des Todes, das sie auf ihrem Bruststück trägt."

Hier schloß mein Freund das Buch und beugte sich vor, genau in der Haltung, die ich innehatte, als ich das „Ungeheuer“ erblickte. „Ah, da ist es!“ rief er jetzt aus – „es steigt den Berghang hinauf, und ich gestehe, daß es ein sehr bemerkenswertes Wesen ist. Immerhin ist es keineswegs so groß oder so entfernt, wie du angenommen hast; denn wie es da an dem Faden, den eine Spinne schräg über den Fensterrahmen gezogen hat, seinen Weg nach oben schlängelt, finde ich, daß seine Länge höchstens etwa ein sechzehntel Zoll beträgt und daß auch die Entfernung von ihm zu meinem Augapfel ein sechzehntel Zoll ausmacht.“

Die schwarze Katze

Daß man den so unheimlichen und doch so natürlichen Geschehnissen, die ich jetzt berichten will, Glauben schenkt, erwarte ich nicht, verlange es auch nicht. Ich müßte wirklich wahnsinnig sein, wenn ich da Glauben verlangen wollte, wo ich selbst das Zeugnis meiner eigenen Sinne verwerfen möchte. Doch wahnsinnig bin ich nicht – und sicherlich träume ich auch nicht. Morgen aber muß ich sterben, und darum will ich heute meine Seele entlasten. Aller Welt will ich kurz und sachlich eine Reihe von rein häuslichen Begebenheiten enthüllen, deren Wirkungen mich entsetzt – gemartert – vernichtet haben. Ich will jedoch nicht versuchen, sie zu deuten. Mir brachten sie die fürchterlichste Qual – anderen werden sie vielleicht nicht mehr scheinen als groteske Zufälligkeiten. Es ist wohl möglich, daß später einmal irgendein besonderer Geist sich findet, der meine anscheinend phantastischen Berichte als nüchterne Selbstverständlichkeiten zu erklären vermag – ein klarer und scharfer Geist, weniger exaltiert als ich, der in den Umständen, die ich mit bebender Scheu enthülle, nichts weiter sieht als die einfache Folge ganz natürlicher Ursachen und Wirkungen.

Seit meiner Kindheit galt ich als ein weichherziger, anschmiegsamer Mensch. Ja, meine hingebende Herzlichkeit trat so offen hervor, daß sie oft den Spott meiner Kameraden herausforderte. Da ich eine ganz besondere Zuneigung für die Tiere empfand, beglückten mich meine Eltern gern mit allerlei Lieblingen. Mit diesen verbrachte ich all meine freie Zeit, und nie war ich glücklicher, als wenn ich sie fütterte und liebkoste. Diese Liebhaberei wuchs mit mir heran, und noch im Mannesalter war sie mir eine Hauptquelle meiner Freuden. Wer jemals für einen treuen und klugen Hund wahre Zärtlichkeit hegte, den brauche ich nicht auf die innige Dankbarkeit, die das Tier uns dafür entgegenbringt, hinzuweisen. In der selbstlosen und opferfreudigen Liebe eines Tieres ist etwas, das jedem tief zu Herzen gehen muß, der je Gelegenheit hatte, die armselige „Freundschaft“ und geschwätzige Treue des „erhabenen“ Menschen zu erproben.

Ich heiratete früh und war herzlich froh, in meinem Weib ein mir verwandtes Gemüt zu finden. Als sie meine Liebhaberei für allerlei zahmes Getier erkannt hatte, versäumte sie keine Gelegenheit, solche Hausgenossen der angenehmsten Art anzuschaffen. Wir besaßen Vögel, Goldfische, einen schönen Hund, Kaninchen, einen kleinen Affen und – eine Katze.

Diese letztere war ein auffallend großes und schönes Tier, ganz schwarz und erstaunlich klug. Wenn wir auf ihre Intelligenz zu sprechen kamen, gedachte meine Frau, die übrigens nicht im geringsten abergläubisch war, manchmal des alten Volksglaubens, daß Hexen oft die Gestalt schwarzer Katzen anzunehmen pflegen. Nicht, daß sie damit jemals eine ernstliche Anspielung hätte machen wollen – ich erwähne es nur, weil ich gerade jetzt daran dachte.

Die Katze war mein bevorzugter Freund und Spielkamerad. Ich selbst fütterte sie, und wo ich im Hause stand und ging, war sie bei mir. Nur schwer konnte ich sie davon zurückhalten, mir auch auf die Straße zu folgen.

So bestand und bewährte sich unsere Freundschaft mehrere Jahre lang. In dieser Zeit aber hatte mein Charakter infolge meiner teuflischen Trunksucht – ich erröte bei diesem Bekenntnis – eine völlige Wandlung zum Bösen durchgemacht. Ich wurde von Tag zu Tag mürrischer, reizbarer, rücksichtsloser gegen die Gefühle anderer. Ich erlaubte mir selbst meiner Frau gegenüber rohe Worte. Schließlich schlug ich sie sogar. Meine Tiere mußten unter meiner Verkommenheit selbstverständlich ganz besonders leiden. Ich vernachlässigte sie nicht nur, sondern mißhandelte sie auch. Auf die Katze indessen nahm ich noch immer so viel Rücksicht, daß ich sie nicht ebenso schlecht behandelte wie die Kaninchen, den Affen und auch den Hund, die ich bei jeder Gelegenheit mißhandelte, wenn sie mir zufällig oder aus alter Anhänglichkeit in den Weg liefen. Doch mein Leiden wuchs – denn welches Leiden ist lebenszäher als der Hang zum Alkohol! – und endlich mußte selbst die Katze, die jetzt alt und daher etwas grämlich zu werden begann, die Ausbrüche meiner Übellaunigkeit fühlen.

Eines Nachts, als ich schwer betrunken aus einer meiner Schnapsspelunken nach Hause kam, schien es mir so, als ob die Katze mir auswiche. Ich packte sie – und da, wahrscheinlich erschreckt durch meine Heftigkeit, riß sie mir mit den Zähnen eine leichte Schramme über die Hand. Im Augenblick geriet ich in wahnsinnige Wut. Ich war nicht mehr ich selbst. Mein wahres Wesen war plötzlich entflohen, und an seiner Stelle spannte eine viehische, trunkene Bosheit jeden Nerv in mir. Ich nahm aus der Westentasche ein Federmesser, öffnete es, riß das arme Tier am Halse empor und bohrte bedachtsam eines seiner Augen aus seiner Höhle heraus! – Die brennende Glut der Scham und kalte Schauer des Entsetzens überfallen mich jetzt, da ich jener höllischen Verruchtheit gedenke.

Am andern Morgen, nachdem ich meinen Rausch verschlafen hatte und mir die Vernunft zurückgekehrt war, empfand ich halb Grauen, halb Reue über das Verbrechen, dessen ich mich schuldig gemacht hatte; aber es war nur ein schwaches, oberflächliches

Gefühl, und meine Seele blieb unbewegt. Ich stürzte mich aufs neue in wüste Ausschweifungen, und bald war im Wein jede Erinnerung an meine Untat ersäuft.

Inzwischen erholte sich die Katze langsam. Die leere Augenhöhle bot allerdings einen schrecklichen Anblick, aber Schmerzen schien das Tier nicht mehr zu haben. Wie früher ging es im Hause umher, floh aber, wie nicht anders zu erwarten war, in wahnsinniger Angst davon, sobald ich in seine Nähe kam. Es war mir noch immer so viel von meinem Gefühl geblieben, daß ich diese offenbare Abneigung eines Geschöpfes, das mich vordem so geliebt hatte, anfangs schmerzlich empfand. Doch dieses Empfinden wich bald einem anderen – der Erbitterung. Und dann kam, wie zu meiner endgültigen und unaufhaltsamen Vernichtung, noch der Geist des Eigensinns hinzu. Diesen Geist beachtet die Philosophie nicht, und dennoch bin ich wie von dem Leben meiner Seele davon überzeugt, daß Eigensinn eine der ursprünglichsten Regungen des menschlichen Wesens ist – eine der elementaren, primären Eigenschaften oder Empfindungen, die dem Charakter des Menschen seine Richtung geben. Wer hat nicht schon hundertmal eine gemeine oder dumme Handlung begangen, einzig und allein, weil er wußte, daß er eigentlich nicht so handeln solle! Haben wir nicht eine beständige Neigung, das Gesetz zu übertreten, nur weil wir eben wissen, daß es „Gesetz“ ist? Ich sage, dieser Geist des Eigensinns war es, der mich endgültig umwarf. Es war jene unergründliche Gier der Seele, sich selbst zu quälen und im Trotz gegen ihre erhabene Reinheit allein um des Bösen willen das Böse zu tun, die mich antrieb, meine Schuld an der wehrlosen Katze noch zu erweitern, soweit nur eben möglich. So legte ich ihr eines Morgens eine Schlinge um den Hals und knüpfte sie an einem Baumast auf; ich erhängte sie unter strömenden Tränen und bittersten Gewissensqualen; erhängte sie, eben weil ich wußte, daß sie mich geliebt hatte, und weil ich fühlte, daß sie mir keinen Grund zu dieser Greueltat gegeben hatte; erhängte sie, weil ich wußte, daß ich damit eine Sünde beging – eine Todsünde, die meine unsterbliche Seele so befleckte, daß, wenn irgendeine Sünde nicht vergeben werden könnte, die unendliche Gnade des allbarmherzigen Gottes sich meiner Seele nicht erbarmen könnte.

In der auf diese grausame Tat folgenden Nacht wurde ich durch Feuerlärm aus dem Schlafe aufgeschreckt. Meine Bettvorhänge brannten. Das ganze Haus stand in Flammen. Mit knapper Not entrannen wir, meine Frau, unsere Magd und ich, dem Feuertode. Alles wurde vernichtet. Meine ganze irdische Habe war dahin, und ich überließ mich von nun an haltloser Verzweiflung.

Ich habe nicht die Schwäche, zwischen meiner Schandtat und diesem Unglück einen Zusammenhang, wie etwa Ursache und Wirkung, suchen zu wollen. Da ich aber eine Kette von Tatsachen anführe, so glaube ich, auch das allerkleinste Glied nicht unerwähnt lassen zu dürfen. Am Tage nach dem Brande besichtigte ich die Trümmerstätte. Die Mauern waren bis auf eine eingestürzt. Dies war eine nicht sehr starke Scheidewand, ungefähr aus der Mitte des Hauses, an der das Kopfende meines Bettes gestanden war. Sie hatte die Einwirkung des Feuers hartnäckig überdauert, eine Tatsache, die ich dem Umstände zuschrieb, daß dort der Bewurf erst kürzlich erneuert worden war. Vor dieser Mauer stand eine dichte Menschenmenge, und einzelne Personen schienen eine bestimmte Stelle eingehend und aufmerksam zu untersuchen. Die Worte „sonderbar!“ „seltsam!“ und andere ähnliche Ausrufe erregten meine Neugier. Ich trat heran – und sah auf die helle Fläche eingedrückt das Reliefbild einer großen Katze. Der Abdruck war erstaunlich naturgetreu. Um den Hals des Tieres lag ein Strick.

Als ich zuerst diesen Höllenspuk erblickte – denn für etwas anderes konnte ich es nicht halten –, geriet ich außer mir vor Staunen und Entsetzen. Schließlich aber kam mir die Überlegung zu Hilfe. Der Garten, in dem ich die Katze erhängt hatte, lag dicht bei dem Hause. Auf den Feuerlärm hin war sofort eine Menschenmenge in den Garten eingedrungen, und irgendeiner mußte dort das Tier abgeschnitten und durch das offenstehende Fenster in mein Zimmer geworfen haben, wahrscheinlich in der guten Absicht, mich dadurch aus dem Schlaf zu wecken. Durch stürzendes Mauerwerk war das Opfer meiner Grausamkeit in die Masse des frisch aufgetragenen Bewurfs eingedrückt worden, und der Kalk dieses letzteren, in Verbindung mit der Brandglut und dem Ammoniak des Kadavers, hatte dann das Reliefbild so wunderbar geprägt, wie es nun zu sehen war.

Obgleich ich dieser eigenen, vernünftigen Erklärung bereitwillig Glauben schenkte, konnte mein Gewissen sich nicht so leicht beruhigen, und das Ereignis lastete schwer auf meiner Seele. Monatelang beschäftigte sich meine Phantasie mit der Katze, und es erwachte in mir ein Gefühl, das beinahe Reue sein konnte. Es kam so weit, daß ich den Verlust des Tieres bedauerte und mich in den Spelunken, in denen ich mich jetzt meistens herumtrieb, nach einer anderen Katze umsah, die der gemordeten möglichst ähnlich sein und deren Platz bei mir ausfüllen sollte.

Als ich einmal in der Nacht halb stumpfsinnig vor Trunkenheit in einer ganz gemeinen Schnapskneipe saß, wurde ich plötzlich auf einen schwarzen Gegenstand aufmerksam, der oben auf einem riesenhaften Oxhoft Branntwein oder Rum, dem Hauptmöbel der dunstigen Höhle, thronte. Da ich schon einige Minuten lang stier auf die Höhe des Fasses geblickt hatte, war ich jetzt erstaunt darüber, daß ich den Gegenstand dort oben nicht schon früher bemerkt hatte. Es war eine schwarze Katze – eine sehr große – gerade so groß wie die ermordete und dieser auch in allem ähnlich – bis auf eins: die meine hatte nicht ein einziges weißes Haar am ganzen Körper, diese Katze aber hatte einen großen, allerdings nicht scharf abgegrenzten weißen Fleck, der fast die ganze Brust bedeckte.

Als ich sie berührte, erhob sie sich sofort, schnurrte laut, rieb sich an meiner Hand und schien von der Beachtung, die ich ihr schenkte, entzückt zu sein. Das war also ganz ein Geschöpf, wie ich es suchte. Ich bot dem Wirt sofort an, ihm das Tier abzukaufen; der aber erhob keinen Anspruch auf die Katze: er kenne sie gar nicht – habe sie nie vorher gesehen.

Ich liebkoste das Tier, und als ich mich zum Heimgehen anschickte, zeigte es Lust, mich zu begleiten. Das erlaubte ich ihm. Unterwegs beugte ich mich manchmal zu ihm nieder und streichelte es. In meinem Hause fühlte sich die Katze sofort heimisch, und auch mit meiner Frau war sie vom ersten Tage an sehr befreundet.

In mir aber regte sich bald eine Abneigung gegen die Katze; das war gerade das Gegenteil dessen, was ich erwartet hatte, aber – ich weiß nicht, wie und weshalb es so kam – ihre aufdringliche Liebe zu mir war mir unangenehm, ja sogar zuwider. Nach und nach steigerte sich dieses Gefühl der Abneigung und des Ekels bis zu bitterstem Haß. Ich ging dem Vieh aus dem Wege; was mich davon zurückhielt, es zu mißhandeln, waren allein ein gewisses Schamgefühl und die Erinnerung an meine frühere Greueltat. Einige Wochen lang konnte ich mich noch so weit beherrschen, die Katze weder zu schlagen noch sonstwie absichtlich schlecht zu behandeln, aber allmählich – mit jedem Tage mehr – sah ich sie nur noch mit unaussprechlichem Abscheu und floh bei ihrem unerträglichen Anblick so entsetzt davon wie vor dem Gifthauch der Pestilenz.

Was meinen Haß gegen das Katzenvieh zweifellos genährt hatte, war eine Entdeckung gewesen, die ich sofort, nachdem ich es zu mir genommen, gemacht hatte – die Entdeckung, daß es, wie die erste Katze, um eins seiner Augen beraubt war. Für meine Frau hingegen, die, wie ich schon sagte, jene unendliche Herzensgüte besaß, die auch mich einst auszeichnete und mir viel reine und harmlose Freuden gebracht hatte, war dies nur ein Grund mehr, das Tier zu lieben.

Mit meiner Abneigung gegen die Katze schien deren Vorliebe für mich nur zu wachsen. Sie folgte meinen Schritten mit einer unbeschreiblichen Beharrlichkeit, von der man sich kaum einen Begriff machen kann. Wenn ich mich setzte, kroch sie unter meinen Stuhl oder sprang auf meine Knie und belästigte mich mit ihren widerwärtigen Liebkosungen. Wenn ich aufstand, um fortzugehen, lief sie mir zwischen die Beine, so daß ich in Gefahr geriet, hinzufallen, oder sie hing sich mit ihren langen und scharfen Krallen in meine Kleider und kletterte mir bis zur Brust herauf. Trotzdem ich mich dann stets versucht fühlte, sie mit einem

Faustschlag umzubringen, schreckte ich doch davor zurück, teils im Gedenken an mein früheres Verbrechen, hauptsächlich aber – ich will es nur gleich bekennen – aus sinnloser Angst vor der Bestie.

Diese Angst war nicht gerade Furcht davor, daß mir das Tier irgendeine Verletzung zufügen könnte, aber ich wüßte auch nicht, wie ich sie anders erklären sollte. Ich kann nur mit Beschämung gestehen – ja, selbst in dieser Verbrecherzelle schäme ich mich dessen –, daß die Gefühle des Schreckens und Entsetzens, die das Tier in mir hervorrief, durch ein Hirngespinst, wie man sich kaum eins närrischer denken kann, maßlos gesteigert wurden. Meine Frau hatte mich mehr als einmal auf die Form des weißen Brustfleckes aufmerksam gemacht, von dem ich bereits gesprochen habe und der das einzig sichtbare Unterscheidungsmerkmal zwischen dieser fremden und der von mir umgebrachten Katze bildete. Man wird sich meiner obigen Beschreibung entsinnen, wonach dieser Fleck, obschon er ziemlich groß war, ursprünglich nur undeutlich hervortrat; doch nach und nach, in kaum merklich fortschreitendem Wachstum – einem Vorgang, den meine Vernunft lange Zeit als reine Augentäuschung zu verwerfen strebte – wurde dieses Zeichen in scharfen Umrissen deutlich sichtbar. Es hatte nun die Form eines Gegenstandes, den ich nur mit Grausen nenne und dessen Abbild mich mehr als alles andere schreckte und entsetzte, so daß ich das Scheusal am liebsten umgebracht hätte, wenn ich nur den Mut dazu hätte finden können. Es war das Bild – so sei es denn herausgesagt – eines unheimlichen, eines fürchterlichen Dinges – eines Galgens! – O schrecklich drohendes Werkzeug des greuelhaften Mordens – des martervollen Todes!

Und jetzt war ich wirklich elend – elend weit über alles Menschenelend hinaus. Und ein vernunftloses Vieh – von dessen Geschlecht ich eines verächtlich umgebracht hatte – ein vernunftloses Vieh konnte mich – mich, den Menschen, das Ebenbild Gottes – so unsäglich elend machen! Ach, ich kannte nicht mehr den Segen der Ruhe, weder bei Tag noch bei Nacht! Bei Tage ließ das Tier mich nicht einen Augenblick allein, und in der Nacht fuhr ich fast jede Stunde aus qualvollen Angstträumen empor, um den heißen Atem des Viehes über mein Gesicht wehen zu fühlen und den Druck seines schweren Gewichts – wie die Verkörperung eines gräßlichen Alpgespenstes, das ich nicht abzuschütteln vermochte – auf meiner Brust zu tragen.

Unter der Wucht solcher Qualen erlag in mir der schwache Rest des Guten. Böse Gedanken wurden die Vertrauten meiner Seele – schwarze, ekle Höllengedanken! Meine bisherige Stimmung schwoll an zu bösem Haß gegen alles in der Welt und gegen die ganze Menschheit; und meistens war es, ach! mein schweigend duldendes Weib, das nun das unglückliche Opfer meiner häufigen, plötzlichen und zügellosen Wutausbrüche wurde.

Eines Tages begleitete sie mich irgendeines häuslichen Geschäftes wegen in den Keller des alten Gebäudes, das wir in unsrer Armut zu bewohnen genötigt waren. Die Katze folgte mir die Stufen der steilen Treppe hinab und war mir dabei so hinderlich, daß ich beinahe kopfüber hinuntergestürzt wäre. Das machte mich rasend. In sinnlosem Zorn vergaß ich die kindische Furcht, die meine Hand bisher zurückgehalten hatte, ergriff eine Axt und führte einen Hieb nach dem Tier, der augenblicklich tödlich gewesen wäre, wenn er sein Ziel getroffen hätte. Aber meine Frau fiel mir in den Arm. Diese Einmischung brachte mich in wahrhaft teuflische Wut. Ich entwand mich ihrem Griff und schlug die Axt tief in ihren Schädel ein. Sie brach lautlos zusammen.

Nachdem dieser gräßliche Mord geschehen war, machte ich mich sogleich und mit voller Überlegung daran, den Leichnam zu verbergen. Ich wußte, daß ich ihn weder am Tage noch in der Nacht aus dem Hause schaffen konnte, ohne dabei Gefahr zu laufen, von den Nachbarn beobachtet zu werden. Mancherlei Pläne schossen mir durch den Sinn. Zuerst dachte ich daran, den Körper in kleine Stücke zu zerhacken und sie durch Feuer zu vernichten. Dann beschloß ich, ihm im Boden des Kellers ein Grab zu graben. Ich überlegte mir aber auch, ob ich ihn nicht lieber im Hof in den Brunnen werfen sollte – oder ob ich ihn wie eine Ware in eine mit unauffälligen Aufschriften versehene Kiste packen und diese durch einen Träger fortschaffen lassen sollte. Endlich kam ich auf einen Gedanken, der mir der richtige Ausweg zu sein schien: ich entschloß mich, die Leiche im Keller einzumauern – ganz so, wie es alten Erzählungen zufolge die Mönche des Mittelalters mit ihren Opfern gemacht haben mochten.

Zur Ausführung gerade dieses Planes war der Keller sehr geeignet. Die Mauern waren leicht gebaut und erst kürzlich mit einem groben Mörtel beworfen worden, der infolge der Feuchtigkeit der Kellerluft noch nicht hart geworden war. Überdies war an einer der Mauern ein Vorsprung, hinter dem sich ein unbenutzter Rauchschlot oder eine Feuerstelle befand und der neuerdings wieder ausgefüllt und den übrigen Wänden des Kellers gleichgemacht worden war. Ich zweifelte nicht daran, daß es mir leicht möglich sein würde, an dieser Stelle die Ziegelsteine herauszunehmen, den Leichnam in die Höhlung hineinzubringen und die Wand wieder zuzumauern, so daß kein Mensch etwas Verdächtiges entdecken könnte.

Und diese Berechnung täuschte mich nicht. Mit Hilfe eines Brecheisens gelang es mir mühelos, die Steine zu lockern; nachdem ich den Leichnam mit aller Vorsicht aufrecht gegen die innere Wand gelehnt hatte, stützte ich ihn in dieser Stellung fest und füllte das Mauerloch ohne Schwierigkeit wieder aus, genau so, wie es zuvor gewesen war. Ich hatte mir in aller Stille Mörtel, Sand und Haar zu verschaffen gewußt und stellte daraus einen Bewurf her, der von dem der anderen Wände nicht zu unterscheiden war; mit ihm bestrich ich sehr sorgfältig die neue Vermauerung. Als ich damit fertig war, fand ich zu meiner Befriedigung, daß nun alles in Ordnung sei. Man sah der Mauer nicht im geringsten an, daß sie aufgebrochen worden war. Den Schutt am Boden hatte ich mit peinlichster Sorgfalt entfernt. Triumphierend sah ich auf mein Werk und sagte zu mir selbst: „Hier wenigstens ist deine Arbeit nicht umsonst gewesen."

Das nächste, was ich nun tat, war, mich nach der Bestie umzusehen, die so viel Elend veranlaßt hatte, denn ich hatte ihr inzwischen längst das Urteil gesprochen: sie mußte sterben! Hätte sie sich jetzt vor mir blicken lassen, so wäre es zweifellos sofort um sie geschehen gewesen; aber es schien, als ob das verschlagene Tier, noch beunruhigt durch meinen heftigen Wutausfall, es mit Absicht vermied, mir in meiner gegenwärtigen Stimmung vor die Augen zu kommen. Es ist unmöglich, zu beschreiben oder auch nur sich vorzustellen, wie tief beruhigend das Gefühl der Erlösung war, das ich über die Abwesenheit der verhaßten Katze empfand. Auch in der Nacht ließ sie sich nicht blicken – und so schlief ich, seitdem ich sie in mein Haus gebracht hatte, wenigstens eine Nacht hindurch tief und ruhig; ja, ich schlief, selbst mit der Last des Mordes auf der Seele.

Der zweite und der dritte Tag vergingen, ohne daß mein Quälgeist zurückkehrte. Ich atmete wieder auf wie ein Befreiter. Der Schrecken hatte das Ungeheuer für immer vertrieben. Ich sollte es nie mehr erblicken! Meine Seligkeit war grenzenlos! Das Bewußtsein meiner schwarzen Tat störte mich nur wenig. Ein paar Nachfragen, die erhoben worden waren, hatte ich schlagfertig beantwortet. Selbst eine Haussuchung hatte stattgefunden – aber natürlich war nichts zu entdecken gewesen. Ich brauchte also für die Zukunft nichts mehr zu befürchten.

Am vierten Tage nach dem spurlosen Verschwinden meiner Frau kam ganz unerwartet eine Polizeikommission und begann von neuem alle Räumlichkeiten gründlich zu durchsuchen. Ich war jedoch nicht im geringsten darüber beunruhigt, da ich sicher war, daß die Leiche in ihrem geheimen Versteck nicht entdeckt werden konnte. Die Beamten forderten mich auf, sie bei der Durchsuchung zu begleiten. Sie übersahen keinen Winkel, kein Versteck. Schließlich stiegen sie zum dritten- oder viertenmal in den Keller hinab. Ich blieb ruhig wie Stein. Mein Herz schlug so friedlich wie das eines Menschen, der in Unschuld schläft. Ich folgte den Herren von einem Ende des Kellers bis zum andern. Die Arme über der Brust verschränkt, ging ich festen Schrittes einher. Die Beamten waren vollkommen beruhigt und schickten sich an, fortzugehen. Die Freude meines Herzens war zu groß – ich mußte sie irgendwie äußern! Ich brannte darauf, wenigstens ein Wort des Triumphes auszurufen, das zugleich aber auch die Herren in ihrer Überzeugung von meiner Unschuld bestärken sollte.

„Meine Herren," sagte ich, als sie bereits wieder die Kellerstufen emporstiegen, „ich bin entzückt, Ihren Verdacht zerstreut zu haben. Ich wünsche Ihnen viel Glück und ein wenig mehr Höflichkeit. Nebenbei bemerkt, meine Herren, dies – dies ist ein sehr gut gebautes Haus" (in dem verrückten Wunsch, irgend etwas Herausforderndes zu sagen, wußte ich kaum, was ich überhaupt redete), „ich möchte sagen, ein hervorragend gut gebautes Haus. Diese Mauern – gehen Sie schon, meine Herren? – diese Mauern sind solide aufgeführt." Und hier – rein aus tollem Übermut – schlug ich mit einem Stock, den ich gerade bei der Hand hatte, kräftig auf die Stelle des Mauerwerks, hinter der sich die Leiche meines einst so geliebten Weibes befand.

Aber – möge Gott mir gnädig sein und mich retten aus den Krallen des Erzfeindes! – kaum war der Schall meiner Schläge verhallt, als eine Stimme aus dem Grabe mir Antwort gab. Es war ein Schreien, zuerst erstickt und abgebrochen wie das Weinen eines Kindes, dann aber schwoll es an zu einem ununterbrochenen, durchdringenden und unheimlichen Gekreisch, das keiner menschlichen Stimme mehr zu vergleichen war – zu einem bald jammervoll klagenden, bald höhnisch johlenden Geheul, wie es nur aus der Hölle kommt, wenn das Wehklagen der zu ewiger Todespein Verdammten sich mit dem Frohlocken der Höllengeister zu einem Schall vereint.

Es ist wohl überflüssig, noch davon zu sprechen, was ich in diesem Augenblick empfand. Ohnmächtig taumelte ich an die gegenüberliegende Mauer. Die Leute auf der Treppe standen regungslos, von Schreck und Entsetzen gelähmt. Im nächsten Moment aber arbeitete ein Dutzend kräftiger Hände daran, die Mauer einzureißen. Sie fiel. Der schon stark in Verwesung übergegangene und mit geronnenem Blut bedeckte Leichnam stand aufrecht vor den Augen der Männer. Auf seinem Kopf saß, mit weit aufgesperrtem rotem Rachen und dem einen glühenden Auge, die fürchterliche Katze, deren teuflische Gewalt mich zum Mörder gemacht hatte und deren Stimme mich nun den Henkern überlieferte. Ich hatte das Scheusal in das Grab mit eingemauert.

Die Maske des roten Todes

Lange schon wütete der rote Tod im Lande; nie war eine Pest verheerender, nie eine Krankheit gräßlicher gewesen. Blut war der Anfang, Blut das Ende – überall das Rote und der Schrecken des Blutes. Mit stechenden Schmerzen und Schwindelanfällen setzte es ein, dann quoll Blut aus allen Poren, und das war der Beginn der Auflösung. Die scharlachroten Tupfen am ganzen Körper der unglücklichen Opfer – und besonders im Gesicht – waren des roten Todes Bannsiegel, das die Gezeichneten von der Hilfe und der Teilnahme ihrer Mitmenschen ausschloß; und alles, vom ersten Anfall bis zum tödlichen Ende, war das Werk einer halben Stunde. Prinz Prospero aber war fröhlich und unerschrocken und weise. Als sein Land schon zur Hälfte entvölkert war, erwählte er sich unter den Rittern und Damen des Hofes eine Gesellschaft von tausend heiteren und leichtlebigen Kameraden und zog sich mit ihnen in die stille Abgeschiedenheit einer befestigten Abtei zurück. Das war ein ausgedehnter prächtiger Bau, eine Schöpfung nach des Prinzen eigenem exzentrischen, aber vornehmen Geschmack. Eine hohe mächtige Mauer, die eiserne Tore hatte, umschlossen das Ganze.

Nachdem die Höflingsschar dort eingezogen war, brachten die Ritter Schmelzöfen und schwere Hämmer herbei und schmiedeten die Riegel der Tore fest. Es sollte weder für die draußen wütende Verzweiflung noch für ein etwaiges törichtes Verlangen der Eingeschlossenen eine Türe offen sein. Da die Abtei mit Proviant reichlich versehen war und alle erdenklichen Vorsichtsmaßregeln getroffen worden waren, glaubte die Gesellschaft der Pestgefahr Trotz bieten zu können. Die Welt da draußen mochte für sich selbst sorgen! Jedenfalls schien es unsinnig, sich vorläufig bangen Gedanken hinzugeben.

Auch hatte der Prinz für allerlei Zerstreuung Sorge getragen. Da waren Gaukler und Komödianten, Musikanten und Tänzer – da war Schönheit und Wein. All dies und dazu das Gefühl der Sicherheit war drinnen in der Burg – draußen war der rote Tod.

Im fünften oder sechsten Monat der fröhlichen Zurückgezogenheit versammelte Prinz Prospero – während draußen die Pest noch mit ungebrochener Gewalt raste – seine tausend Freunde auf einem Maskenball von unerhörter Pracht. Reichtum und zügellose Lust herrschten auf dem Feste. Doch will ich zunächst die Räumlichkeiten schildern, in denen das Fest abgehalten wurde. Es waren sieben wahrhaft königliche Gemächer. Im allgemeinen bilden in den Palästen solche Festräume – da die Flügeltüren nach beiden Seiten bis an die Wand zurückgeschoben werden können – eine lange Zimmerflucht, die einen weiten Durchblick gewährt. Hier war dies jedoch nicht der Fall. Des Prinzen Vorliebe für alles Absonderliche hatte die Gemächer vielmehr so aneinandergegliedert, daß man von jedem Punkte immer nur einen Saal zu überschauen vermochte. Nach Durchquerung des einzelnen Raumes gelangte man an eine Biegung, und jede dieser Wendungen brachte ein neues Bild. In der Mitte jeder Seitenwand befand sich ein hohes, schmales gotisches Fenster, hinter dem eine enge Galerie den Windungen der Zimmerreihe folgte. Die Fenster bestanden aus Glasmosaik, dessen Tönung immer mit der vorherrschenden Farbe des Raumes übereinstimmte. Das am Ostende gelegene Zimmer zum Beispiel war in Blau gehalten, und so waren auch seine Fenster leuchtend blau. Das folgende Gemach war in Wandbekleidung und Ausstattung purpurn, und auch seine Fenster waren purpurn. Das dritte war ganz in Grün und hatte dementsprechend grüne Fensterscheiben. Das vierte war orangefarben eingerichtet und hatte orangefarbene Beleuchtung. Das fünfte war weiß, das sechste violett. Die Wände des siebenten Zimmers aber waren dicht mit schwarzem Samt bezogen, der sich auch über die Deckenwölbung spannte und in schweren Falten auf einen Teppich von gleichem Stoffe niederfiel. Und nur in diesem Raume glich die Farbe der Fenster nicht derjenigen der Dekoration: hier waren die Scheiben scharlachrot – wie Blut.

Nun waren sämtliche Gemächer zwar reich an goldenen Ziergegenständen, die an den Wänden entlang standen oder von der Decke herabhingen, kein einziges aber besaß einen Kandelaber oder Kronleuchter. In der ganzen Zimmerreihe gab es weder Lampen- noch Kerzenlicht. Statt dessen war außen in den Zimmern entlanglaufenden Galerien vor jedem Fenster ein schwerer Dreifuß aufgestellt, der ein kupfernes Feuerbecken trug, dessen Flamme ihren Schein durch das farbige Fenster hereinwarf und so den Raum schimmernd erhellte. Dadurch wurden die phantastischsten Wirkungen erzielt. In dem westlichsten oder schwarzen Gemach aber war der Glanz der Flammenglut, der durch die blutigroten Scheiben in die schwarzen Sammetfalten fiel, so gespenstisch und gab den Gesichtern der hier Eintretenden ein derart erschreckendes Aussehen, daß nur wenige aus der Gesellschaft kühn genug waren, den Fuß über die Schwelle zu setzen.

In diesem Gemach befand sich an der westlichen Wand auch eine hohe Standuhr in einem riesenhaften Ebenholzkasten. Ihr Pendel schwang mit dumpfem, wuchtigen, eintönigen Schlag hin und her; und wenn der Minutenzeiger seinen Kreislauf beendet hatte und die Stunde schlug, so kam aus den ehernen Lungen der Uhr ein voller, tiefer, sonorer Ton. Dieser Klang war so sonderbar ernst und so feierlich, daß bei jedem Stundenschlag die Musikanten des Orchesters, von einer unerklärlichen Gewalt gezwungen, ihr Spiel unterbrachen, um dem Ton zu lauschen. So mußte der Tanz plötzlich aussetzen, und eine kurze Mißstimmung überkam die heitere Gesellschaft. So lange die Schläge der Uhr ertönten, sah man selbst die Fröhlichsten erbleichen, und die Älteren und Besonneneren strichen mit der Hand über die Stirn, als wollten sie wirre Traumbilder oder unliebsame Gedanken verscheuchen. Kaum aber war der letzte Nachhall verklungen, so durchlief ein lustiges Lachen die Versammlung. Die Musikanten blickten einander an und schämten sich lächelnd ihrer Empfindsamkeit und

Torheit, und flüsternd vereinbarten sie, daß der nächste Stundenschlag sie nicht wieder derart aus der Fassung bringen solle.

Allein wenn nach wiederum sechzig Minuten, dreitausendsechshundert Sekunden der flüchtigen Zeit, die Uhr von neuem schlug, trat dasselbe allgemeine Unbehagen ein, das gleiche Bangen und Sinnen wie vordem. Doch wenn man hiervon absah, war es eine prächtige Lustbarkeit. Der Prinz besaß einen eigenartigen Geschmack. Er hatte ein feines Empfinden für Farbenwirkungen, alles Herkömmliche und Modische war ihm zuwider, er hatte seine eigenen, kühnen Ideen, und seine Phantasie liebte seltsame, glühende Bilder. Es gab Leute, die ihn für wahnsinnig hielten. Sein Gefolge aber wußte, daß er es nicht war. Doch man mußte ihn sehen und kennen, um dessen gewiß zu sein.

Die Einrichtung und Ausschmückung der sieben Gemächer waren eigens für dieses Fest fast ganz nach des Prinzen eigenen Angaben gemacht worden, und sein eigener, merkwürdiger Geschmack hatte auch den Charakter der Maskerade bestimmt. Gewiß, sie war grotesk genug. Da gab es viel Prunkendes und Glitzerndes, viel Phantastisches und Pikantes. Da gab es Masken mit seltsam verrenkten Gliedmaßen, die Arabesken vorstellen sollten, und andere, die man nur mit den Hirngespinsten eines Wahnsinnigen vergleichen konnte. Es gab viel Schönes und viel Üppiges, viel Übermütiges und viel Groteskes und auch manch Schauriges – aber nichts, was irgendwie widerwärtig gewirkt hätte. In der Tat, es schien, als wogten in den sieben Gemächern eine Unzahl von Träumen durcheinander. Und diese Träume wanden sich durch die Säle, von denen jeder sie mit seinem besonderen Licht umspielte, und die tollen Klänge des Orchesters schienen wie ein Echo ihres Schreitens. Von Zeit zu Zeit aber riefen die Stunden der schwarzen Riesenuhr in dem Samtsaal, und eine kurze Weile herrschte eisiges Schweigen – nur die Stimme der Uhr erdröhnte. Die Träume erstarrten. Doch das Geläut verhallte – und ein leichtes halbunterdrücktes Lachen folgte seinem Verstummen. Die Musik rauschte wieder auf, die Träume belebten sich von neuem und wogten noch fröhlicher hin und her, farbig beglänzt durch das Strahlenlicht der Flammenbecken, das durch die vielen bunten Scheiben strömte. Aber in das westlichste der sieben Gemächer wagte sich jetzt niemand mehr hinein. Denn die Nacht war schon weit vorgeschritten, und greller noch floß das Licht durch die blutroten Scheiben und überflammte die Schwärze der düsteren Draperien. Wer den Fuß hier auf den dunklen Teppich setzte, dem dröhnte das dumpfe, schwere Atmen der nahen Riesenuhr warnender, schauerlicher ins Ohr als jenen, die sich in der Fröhlichkeit der entfernten Gemächer tummelten.

Diese anderen Räume waren überfüllt, und in ihnen schlug fieberheiß das Herz des Lebens. Und der Trubel rauschte lärmend weiter, bis endlich die Uhr die zwölf Schläge der Mitternacht erdröhnen ließ. Und die Musik verstummte, so wie früher, und der Tanz wurde jäh zerrissen, und wie vorher trat ein plötzlicher, unheimlicher Stillstand ein. Jetzt aber mußte der Schlag der Uhr zwölfmal ertönen, und daher kam es, daß den Nachdenklichen noch trübere Gedanken kamen und daß ihre Versonnenheit noch länger andauerte. Und daher kam es wohl auch, daß, bevor noch der letzte Nachhall des letzten Stundenschlages erstorben war, manch einer Zeit genug gefunden hatte, eine Maske zu bemerken, die bisher noch keinem aufgefallen war. Das Gerücht von dieser neuen Erscheinung sprach sich flüsternd herum, und es erhob sich in der ganzen Versammlung ein Summen und Murren des

Unwillens und der Entrüstung – das schließlich zu Lauten des Schreckens, des Entsetzens und höchsten Abscheus anwuchs.

Man kann sich wohl denken, daß es keine gewöhnliche Erscheinung war, die den Unwillen einer so toleranten Gesellschaft erregen konnte. Man hatte in dieser Nacht der Maskenfreiheit zwar sehr freie Grenzen gezogen, doch die Gestalt war in der Tat zu weit gegangen – über des Prinzen weitgehende Duldsamkeit hinaus. Auch in den Herzen der Übermütigsten gibt es Saiten, die nicht berührt werden dürfen, und selbst bei den Verstocktesten, denen Leben und Tod nur Spiel sind, gibt es Dinge, mit denen sie nicht Scherz treiben lassen. Einmütig schien die Gesellschaft zu empfinden, daß in Tracht und Benehmen der befremdenden Gestalt weder Witz noch Anstand sei.

Lang und hager war die Erscheinung, und von Kopf bis Fuß in Leichentücher gehüllt; die Maske, die das Gesicht verbarg, war dem Antlitz eines Toten täuschend nachgebildet. Doch all dies hätten die tollen Gäste des tollen Gastgebers, wenn es ihnen auch nicht gefiel, hingehen lassen. Aber der Verwegene war so weit gegangen, die Gestalt des roten Todes darzustellen. Sein Gewand war blutbesudelt, und seine breite Stirn, das ganze Gesicht sogar war mit dem scharlachroten Todessiegel gefleckt.

Als die Blicke des Prinzen Prospero diese Gespenstergestalt entdeckten, die, um ihre Rolle noch wirkungsvoller zu spielen, sich langsam und feierlich durch die Reihen der Tanzenden bewegte, sah man, wie er im ersten Augenblick von einem Schauer des Entsetzens oder des Widerwillens geschüttelt wurde; im nächsten Moment aber rötete sich seine Stirn in Zorn.

„Wer wagt es", fragte er mit heiserer Stimme die Höflinge an seiner Seite, „wer wagt es, uns durch solch gotteslästerlichen Hohn zu empören? Ergreift und demaskiert ihn, damit wir wissen, wer er ist, der bei Sonnenaufgang an den Zinnen unsres Schlosses aufgeknüpft werden wird!"

Es war in dem östlichen, dem blauen Zimmer, wo Prinz Prospero diese Worte rief. Sie hallten laut und deutlich durch alle sieben Gemächer, denn der Prinz war ein kräftiger und kühner Mann, und die Musik war durch eine Bewegung seiner Hand zum Schweigen gebracht worden.

Das blaue Zimmer war es, in dem der Prinz stand, umgeben von einer Gruppe bleicher Höflinge. Sein Befehl brachte Bewegung in die Höflingsschar, als wolle man den Eindringling ergreifen, der gerade jetzt ganz in der Nähe war und mit würdevoll gemessenem Schritt dem Sprecher nähertrat. Doch das namenlose Grauen, das die wahnwitzige Vermessenheit des Vermummten allen eingeflößt hatte, war so stark, daß keiner die Hand ausstreckte, um ihn aufzuhalten. Ungehindert kam er bis dicht an den Prinzen heran – und während die ganze Versammlung, zu Tode entsetzt, zur Seite wich und sich in allen Gemächern bis an die Wände zurückzog, ging er unangefochten seines Weges, mit den nämlichen, feierlichen und gemessenen Schritten wie zu Beginn.

Und er schritt von dem blauen Zimmer in das purpurrote – von dem purpurroten in das grüne – von dem grünen in das orangefarbene – und aus diesem in das weiße – und weiter noch in das violette Zimmer, ehe eine entscheidende Bewegung gemacht wurde, um ihn aufzuhalten. Dann aber war es Prinz Prospero, der rasend vor Zorn und Scham über seine eigene, unbegreifliche Feigheit die sechs Zimmer durcheilte – er allein, denn von den andern vermochte vor tödlichem Schrecken kein einziger ihm zu folgen. Den Dolch in der erhobenen Hand, war er in wildem Ungestüm der weiterschreitenden Gestalt bis auf drei oder vier

Schritte nahe gekommen, als sie, die jetzt das Ende des Samtgemaches erreicht hatte, sich plötzlich zurückwandte und dem Verfolger gegenüberstand. Man hörte einen durchdringenden Schrei, der Dolch fiel blitzend auf den schwarzen Teppich und im nächsten Augenblick sank auch Prinz Prospero im Todeskampf zu Boden.

Nun stürzten mit dem Mute der Verzweiflung einige der Gäste in das schwarze Gemach und ergriffen den Vermummten, dessen hohe Gestalt aufrecht und regungslos im Schatten der schwarzen Uhr stand. Doch unbeschreiblich war das Grauen, das sie befiel, als sie in den Leichentüchern und hinter der Leichenmaske, die sie mit rauhem Griffe packten, nichts Faßbares fanden – sie waren leer . . .

Und nun erkannte man die Gegenwart des roten Todes. Er war gekommen wie ein Dieb in der Nacht. Und die Festgenossen sanken einer nach dem andern in den blutbetauten Hallen ihrer Lust zu Boden und starben – ein jeder in der verzerrten Lage, in der er verzweifelnd niedergefallen war. Und das Leben in der Ebenholzuhr erlosch mit dem Leben des letzten Fröhlichen. Und die Gluten in den Kupferpfannen verglommen. Und unbeschränkt herrschte über alles mit Finsternis und Verwesung der rote Tod.

Die Brille

Vor vielen Jahren pflegte man eine „Liebe auf den ersten Blick“ zu belächeln; die Nachdenklichen aber und die Leute von tiefem Gefühl haben ihr Vorhandensein stets anerkannt. Tatsächlich haben moderne Entdeckungen auf einem Gebiete, das man ethischen Magnetismus oder magnetische Ästhetik nennen könnte, es glaubwürdig gemacht, daß die natürlichsten und folglich die wahrsten und stärksten menschlichen Leidenschaften jene sind, die wie mit elektrischer Sympathie im Herzen aufflammen – mit einem Wort, daß die Seelenbeziehungen, die auf den ersten Blick geknüpft werden, die ungetrübtesten und dauerndsten sind. Das Bekenntnis, das ich zu machen gedenke, wird den schon kaum mehr zu zählenden Wahrheitsbeweisen für diese Behauptung einen neuen hinzufügen.

Meine Erzählung verlangt, daß ich etwas weiter aushole. Ich bin noch ein sehr junger Mann, noch nicht zweiundzwanzig Jahre alt. Mein gegenwärtiger Name lautet sehr gewöhnlich und plebejisch – Simpson. Ich sage „gegenwärtig“, denn ich werde erst seit kurzem so genannt, da ich diesen Zunamen im letzten Jahre gesetzlich angenommen habe, um eine große Erbschaft antreten zu können, die mir ein entfernter Verwandter, Adolphus Simpson, hinterlassen hat. Es knüpfte sich die Bedingung daran, daß ich den Namen des Erblassers – den Familien-, nicht den Taufnamen – annehme. Mein Taufname – oder richtiger mein erster und zweiter Rufname – lautet Napoleon Buonaparte.

Ich nahm den Namen Simpson mit einigem Widerstreben an, da mein wirklicher Zuname, Froissart, mich mit verzeihlichem Stolz erfüllte – glaubte ich doch, ich könne meine Abstammung von dem unsterblichen Verfasser der „Chroniques“ herleiten. Hinsichtlich der Namen möchte ich nur nebenbei eine eigentümliche Klangähnlichkeit zwischen denen meiner nächsten Vorfahren erwähnen. Mein Vater war ein Monsieur Froissart aus Paris. Seine Frau – meine Mutter, die fünfzehn Lenze zählte, als er sie heiratete – war ein Fräulein Croissart, die älteste Tochter von Croissart, dem Bankier; dessen Frau wiederum, die kaum sechzehn Jahre alt war, als sie die Ehe einging, war die älteste Tochter eines Victor Voissart. Monsieur Voissart aber hatte, höchst seltsam, eine Dame mit ähnlich klingendem Namen geheiratet – eine Mademoiselle Moissart. Auch sie war bei der Eheschließung noch ein wahres Kind, und ihre Mutter, Madame Moissart, zählte ebenfalls erst vierzehn, als sie vor den Altar trat. Solche frühen Ehen sind in Frankreich nichts Außergewöhnliches. Hier nun sind Moissart, Voissart, Croissart und Froissart alle in einer direkten Abstammungslinie. Mein eigener Name wurde aber, wie ich sagte, auf gesetzlichem Wege in Simpson umgewandelt, obschon mir das so zuwider war, daß ich eine Zeitlang ernstlich zögerte, das Legat mit der damit verknüpften, ebenso überflüssigen wie ärgerlichen Bedingung überhaupt anzunehmen.

Mit persönlichen Vorzügen bin ich keineswegs schlecht ausgestattet. Im Gegenteil, ich glaube, ich bin wohlgestaltet und besitze, was neun Zehntel der Menschen ein hübsches Gesicht nennen würden. Meine Größe beträgt fünf Fuß elf Zoll. Mein Haar ist schwarz und lockig, meine Nase gut geformt. Die Augen sind groß und grau, und wenn sie auch in ziemlich störendem Grade schwach sind, so kann man ihnen diesen Mangel doch nicht ansehen. Die Tatsache der Schwäche hat mich allerdings oft sehr behindert, und ich habe zu jedem Heilmittel meine Zuflucht genommen – nur nicht zu Augengläsern. Da ich jung und hübsch bin, so liebe ich natürlich die Gläser nicht und habe mich standhaft geweigert, sie zu benutzen. Wirklich, ich kenne nichts, was die

Erscheinung eines jungen Menschen so entstellte, seinen Mienen etwas so Gespreiztes, Scheinheiliges und Bejahrtes gäbe. Ein Monokel dagegen hat einen Beigeschmack von Geziertheit und fordert zum Spott heraus. Ich habe mich bis jetzt, so gut ich konnte, ohne beides beholfen. Doch ich gehe in der Erwähnung dieser nebensächlichen persönlichen Einzelheiten, die schließlich belanglos sind, wohl zu weit. Ich will mich begnügen, noch zu sagen, daß ich ein sanguinisches, rasches, feuriges, begeisterungsfähiges Temperament besitze – und daß ich allzeit ein ergebener Bewunderer der Frauen gewesen bin.

Im vorigen Winter betrat ich eines Abends in Gesellschaft eines Freundes, Mr. Talbots, eine Loge im P ... Theater. Es gab eine Opernvorstellung; die Anzeigen verhießen einen seltenen Genuß, so daß das Haus gedrängt voll war. Wir aber kamen noch rechtzeitig, um die für uns belegten Vordersitze einzunehmen, zu denen wir uns mit einiger Schwierigkeit unsern Weg bahnen mußten.

Zwei Stunden lang schenkte mein Begleiter, der ein begeisterter Musikfreund war, seine ungeteilte Aufmerksamkeit der Bühne; derweil unterhielt ich mich damit, das Publikum zu beobachten, das in der Hauptsache den ersten Gesellschaftskreisen angehörte. Nachdem ich mir hierin Genüge geleistet hatte, wollte ich die Augen der Primadonna zuwenden, als mein Blick von einer Gestalt in einer Privatloge gebannt wurde, die meiner Beobachtung bisher entgangen war.

Wenn ich tausend Jahre lebe, so kann ich nicht die tiefe Ergriffenheit vergessen, mit der ich diese Gestalt betrachtete. Es schien die herrlichste weibliche Erscheinung, die ich je gesehen hatte. Das Antlitz blieb der Bühne so weit zugewandt, daß ich in den ersten Minuten keinen Blick darauf werfen konnte – die Gestalt aber war göttlich; kein andres Wort kann ihr wundervolles Ebenmaß wiedergeben, und selbst die Bezeichnung „göttlich" erscheint mir – nun, da ich sie niederschreibe – lächerlich unzureichend.

Der Zauber einer schönen Frauengestalt, der weiblichen Anmut, war eine Macht, der zu widerstehen mir immer unmöglich gewesen war; hier aber sah ich personifizierte, verkörperte Anmut, das Idol meiner kühnsten und verstiegensten Visionen. Die Gestalt, die in der Loge fast ganz sichtbar war, hatte etwas über Mittelgröße und machte beinahe, wenn auch nicht ganz, den Eindruck des

Majestätischen. Ihre reife Fülle und „Tournüre“ waren berückend. Der Kopf, den man nur von rückwärts sah, glich in seinem Umriß dem der griechischen Psyche und wurde durch eine elegante Haube aus Schleiergaze mehr gehoben als verborgen; ich mußte an den „ventum textilem“ des Apulejus denken. Der rechte Arm ruhte auf der Logenbrüstung und ließ in seiner vollendeten Harmonie jeden Nerv in mir erbeben. Sein oberer Teil war von einem der jetzt üblichen, weiten offenen Ärmel verhüllt. Er reichte noch ein wenig über den Ellbogen herab. Darunter kam ein anliegender Unterärmel aus irgendeinem zarten Gewebe zum Vorschein und endete in einer reichen Spitzenmanschette, die anmutig über den Handrücken fiel und nur die feinen Finger enthüllte, auf deren einem ein Diamantring blitzte, den ich sofort als außerordentlich wertvoll erkannte. Die herrliche Rundung des Handgelenks wurde von einem Armband vorteilhaft gehoben, das ebenfalls mit Edelsteinen geschmückt war – eine nicht zu mißdeutende Sprache für die Wohlhabenheit und den erlesenen Geschmack ihrer Trägerin.

Ich blickte zu dieser königlichen Erscheinung wohl eine halbe Stunde hinüber, als sei ich plötzlich in Stein verwandelt, und während der Zeit fühlte ich die volle Kraft und Wahrheit alles dessen, was über „die Liebe auf den ersten Blick“ gesagt und gesungen worden ist. Meine Empfindungen waren völlig anders als die, von denen ich bisher selbst in Gegenwart der berühmtesten Vertreterinnen weiblichen Liebreizes ergriffen worden war. Eine unerklärliche und, wie ich annehmen muß, magnetische Seelenneigung schien nicht nur meine Blicke, sondern alle meine Fähigkeit zum Denken und Fühlen an den verehrungswürdigen Gegenstand dort vor mir zu bannen. Ich sah – ich fühlte – ich wußte, daß ich tief, toll, unwiderstehlich verliebt war – und das, noch ehe ich nur das Antlitz des geliebten Wesens erblickt hatte. Wahrhaftig, die Leidenschaft, die mich verzehrte, war so stark, daß ich wirklich glaube, sie würde wenig oder gar nicht nachgelassen haben, selbst wenn die bis jetzt noch unbekannten Gesichtszüge sich nicht über den Durchschnitt erhoben hätten; so ungewöhnlich ist die einzig wahre Liebe – die Liebe auf den ersten Blick – und auch so wenig abhängig von den äußeren Bedingungen, die allein sie hervorzurufen und anzutreiben scheinen.

Während ich so in Bewunderung und Schauen vertieft saß, wurde die Dame durch eine plötzliche Störung im Publikum veranlaßt, den Kopf halb mir zuzuwenden, so daß ich nun das ganze Profil erblicken konnte. Seine Schönheit übertraf noch meine Ahnungen, und dennoch war etwas daran, was mich enttäuschte, ohne daß ich genau sagen konnte, was es war. Ich sagte „enttäuschte“, aber dies ist nicht das rechte Wort. Meine Empfindungen wurden gleichzeitig beruhigt und angestachelt. Sie erlitten Einbuße, was Verzückung anbelangt, und gewannen an stiller Begeisterung – an begeisterter Ruhe. Dieser Empfindungswechsel kam vielleicht von dem madonnenhaften, mütterlichen Ausdruck des Gesichtes, und dennoch wußte ich sofort, daß er nicht ausschließlich daher kommen konnte. Da war noch etwas anderes, ein Geheimnis, das ich nicht aufzudecken vermochte, ein besonderer Zug im Gesicht, der mich ein wenig störte, während er gleichzeitig mein Interesse aufs höchste reizte. Tatsache ist, daß ich mich gerade in der Seelenverfassung befand, in der ein empfänglicher junger Mann jeder außergewöhnlichen Tat fähig ist. Wäre die Dame allein gewesen, so hätte ich zweifellos ihre Loge betreten und sie auf gut Glück angeredet; glücklicherweise hatte sie zwei Begleiter bei sich: einen Herrn und eine auffallend schöne Frau, offenbar einige Jahre jünger als sie selbst.

Ich wälzte tausend Pläne im Geiste herum, wie ich mich wohl der älteren der beiden Damen vorstellen oder wenigstens jetzt ihre Schönheit aus der Nähe bewundern könnte. Ich würde meinen Platz möglichst in ihre Nähe verlegt haben, doch die Tatsache, daß das Theater voll besetzt war, machte das unmöglich, und die strengen Anstandsregeln der Mode hatten seit kurzem die Benutzung des Opernglases in einem solchen Falle gebieterisch untersagt, selbst wenn ich so glücklich gewesen wäre, eines bei mir zu haben; das war aber nicht der Fall, und ich geriet daher in Verzweiflung.

Endlich beschloß ich, mich an meinen Begleiter zu wenden.

„Talbot," sagte ich, „du hast ein Opernglas. Gib es mir."

„Ein Opernglas? – Nein! – Was sollte ich denn wohl mit einem Opernglas?" Damit wandte er sich ungeduldig zur Bühne.

„Aber, Talbot," fuhr ich fort und zog ihn an der Schulter, „höre mal, willst du? Siehst du die Loge? – Dort! – Nein, die nächste. Hast du je ein so entzückendes Weib gesehen?"

„Sie ist sehr schön, gewiß", sagte er.

„Ich möchte wohl wissen, wer es sein mag."

„Ja, um des Himmels willen, weißt du denn nicht, wer sie ist? „Von ihr nichts wissend, schilt unwissend dich“ Es ist die berühmte Madame Lalande – die Schönheit des Tages par excellence und das Stadtgespräch. Überdies ungeheuer wohlhabend – eine Witwe – und eine große Partie – ist gerade aus Paris angekommen.“

„Kennst du sie?“

„Ja – ich habe die Ehre.“

„Willst du mich vorstellen?“

„Gewiß – mit dem größten Vergnügen; wann soll es geschehen?“

„Morgen, um eins; ich werde dich abholen.“

„Sehr gut. Und nun halte den Mund, wenn es dir möglich ist.“

In dieser Hinsicht war ich gezwungen, Talbots Rat zu befolgen; denn er blieb jeder weiteren Frage oder Bemerkung gegenüber taub und befaßte sich für den Rest des Abends ausschließlich mit den Vorgängen auf der Bühne.

Inzwischen hielt ich meine Blicke fest auf Madame Lalande geheftet und hatte schließlich das Glück, ihr voll ins Gesicht sehen zu können. Es war ungemein lieblich; freilich hatte mein Herz mir das vorher gesagt, selbst wenn Talbot mich nicht über diesen Punkt völlig zufriedengestellt hätte – doch immer noch störte mich das unbegreifliche Etwas. Ich kam schließlich zu der Auffassung, daß meine Sinne von einem gewissen ernsten, traurigen oder besser abgespannten Ausdruck beunruhigt wurden, der den Mienen etwas von ihrer Jugend und Frische nahm, jedoch nur, um ihnen eine engelhafte Sanftmut und Majestät zu verleihen und dadurch mein Interesse kraft meiner begeisterungsfähigen und romantischen Veranlagung zehnfach zu steigern.

Während ich meine Augen so schwelgen ließ, bemerkte ich plötzlich zu meiner großen Bestürzung an einem fast unmerklichen Zusammenzucken der Dame, daß sie auf mein beständiges Hinschauen aufmerksam geworden war. Jedoch ich blieb nun einmal völlig bezaubert und konnte den Blick auch nicht für eine Sekunde abwenden. Sie wandte den Kopf zur Seite, und wieder sah ich nur mehr die gemeißelten Linien des Hinterkopfes. Nach einigen Minuten drehte sie, wie aus Neugier, ob ich noch immer hinübersähe, mir langsam wieder das Gesicht zu und begegnete meinem brennenden Blick. Sie senkte sofort die großen dunklen Augen, und ein tiefes Erröten überzog ihre Wangen. Wie groß aber war mein Erstaunen, als sie nun den Kopf nicht zum zweiten Male abwandte, sondern sogar zu einer Lorgnette griff, die an ihrem Gürtel hing – sie erhob – an die Augen führte – und mich dann minutenlang eingehend und bedachtsam durch die Gläser betrachtete.

Wäre der Blitz vor meinen Füßen eingeschlagen, so hätte ich nicht tiefer bestürzt sein können – nur bestürzt – nicht im geringsten verletzt oder empört; obgleich eine so dreiste Handlungsweise bei jedem andern Weibe sehr leicht verletzend oder empörend gewirkt haben würde. Die ganze Sache geschah aber mit soviel Ruhe, soviel Natürlichkeit und Haltung – kurz, mit einer so erkennbaren Wohlerzogenheit –, daß es durchaus nicht unverschämt wirkte, und ich empfand nichts anderes als Verwunderung und Überraschung.

Ich bemerkte, daß sie sich zunächst mit einer kurzen Besichtigung meiner Person begnügte und das Glas sinken ließ. Dann aber – wie von einem neuen Gedanken ergriffen – führte sie es wiederum an die Augen und betrachtete mich nochmals mit gespannter Aufmerksamkeit mehrere Minuten lang – mindestens fünf Minuten lang, möchte ich behaupten.

Dieses für ein amerikanisches Theater so außerordentliche Gebaren erweckte die allgemeine Aufmerksamkeit und verursachte eine gewisse Bewegung, ein Raunen im Publikum, das mich einen Augenblick lang verwirrte, auf Madame Lalandes Mienen aber keine sichtbare Wirkung hervorrief.

Nachdem sie ihre Neugier – wenn es solche war – befriedigt hatte, ließ sie das Glas sinken und wandte ihre Aufmerksamkeit gelassen wieder der Bühne zu, mir, wie vorher, das Profil zukehrend. Ich fuhr unablässig fort, sie anzustarren, wenngleich ich mir der Ungezogenheit dieses Benehmens völlig bewußt war. Auf einmal sah ich, daß ihr Kopf langsam und sachte seine Lage veränderte, und bald hatte ich die Gewißheit, daß die Dame nur so tat, als blicke sie zur Bühne, in Wirklichkeit aber mich aufmerksam betrachtete, überflüssig, zu sagen, welche Wirkung dieses Betragen einer so bezaubernden Frau auf meine erregbare Seele ausübte.

Nachdem der schöne Gegenstand meiner Leidenschaft mich in solcher Weise wohl eine Viertelstunde lang beaugenscheinigt hatte, wandte sie sich an ihren Begleiter, und während sie sprach, erkannte ich deutlich an den Blicken beider, daß ihr Gespräch sich auf mich bezog.

Als es beendet war, wandte Madame Lalande sich wiederum der Bühne zu und schien für wenige Minuten in die Vorstellung vertieft. Nach Ablauf dieser Frist jedoch wurde ich von neuem dadurch in äußerste Spannung versetzt, daß sie wiederum das ihr zur Seite hängende Lorgnon ergriff, mich wie vorher eingehend betrachtete und mich, ungeachtet des erneuten Gemurmels, mit der nämlichen Überlegenheit, die mich vorhin entzückt und verwirrt hatte, von Kopf zu Fuß musterte.

Dieses ungewöhnliche Benehmen, das mich geradezu in ein Fieber von Begeisterung stürzte – in eine förmliche Liebesraserei – , diente eher zu meiner Ermutigung als Abkühlung. In der verzückten Inbrunst meiner Hingabe vergaß ich alles, bis auf die Anwesenheit und hoheitsvolle Lieblichkeit der Erscheinung, die sich meinen Blicken bot. Ich ergriff daher die Gelegenheit, als ich das Publikum so völlig in die Oper vertieft wähnen konnte, den Blick Madame Lalandes festzuhalten und eine leichte, aber nicht zu mißdeutende Verneigung zu machen.

Sie errötete tief – wandte dann den Blick ab – sah sich darauf langsam und vorsichtig um, offenbar, um festzustellen, ob meine rasche Tat bemerkt worden war, – und neigte sich dann zu dem Herrn an ihrer Seite.

Ich fühlte nun mit brennender Scham das Unangebrachte meiner Handlungsweise und erwartete nichts Geringeres als sofortige Bloßstellung, während mir gleichzeitig der Gedanke an ein Pistolenduell am nächsten Morgen ungemütlich durch den Kopf schoß. Ich fühlte mich aber bald der Besorgnis enthoben, als ich sah, daß die Dame dem Herrn nur wortlos den Theaterzettel reichte. Doch wird sich der Leser nur eine schwache Vorstellung meiner Verblüffung machen können – meiner ungeheuren Bestürzung, der maßlosen, tollen Verwirrung in Herz und Seele –, als sie gleich darauf, nach einem verstohlenen Blick in die Runde, ihre strahlenden Augen voll und fest in meine senkte und dann mit einem leisen Lächeln, das eine leuchtende Reihe ihrer Perlenzähne enthüllte, zweimal deutlich, bestimmt und in nicht mißzuverstehender Bejahung mit dem Kopfe nickte.

Es ist natürlich überflüssig, bei meinem Glück – meiner Verzückung – meiner grenzenlos überströmenden Herzensfreude zu verweilen. Wenn je ein Mann aus Übermaß an Glück verzückt war, so war ich es in jenem Augenblick. Ich liebte. Es war meine erste Liebe – ich fühlte es. Es war eine himmlische – eine unbeschreibliche Liebe. Es war die „Liebe auf den ersten Blick“, und sie war ebenso auf den ersten Blick gewürdigt und erwidert worden.

Jawohl, erwidert. Wie und wann hätte ich nur für einen Augenblick daran zweifeln sollen? Welche andere Deutung hätte ich wohl solchem Verhalten von seiten einer so schönen, so reichen, so ersichtlich wohlerzogenen Dame in so hoher gesellschaftlicher Stellung geben sollen, die in jeder Hinsicht so achtenswert war, wie Madame Lalande es – das fühlte ich – sein mußte? Ja, sie liebte mich – sie erwiderte die Ekstase meiner Liebe mit einer ebenso blinden Begeisterung – ebenso unwandelbar – ebenso unüberlegt – ebenso hingebungsvoll – und ebenso unbeherrscht wie ich in meiner Liebe! Diese köstlichen Phantasien und Schlußfolgerungen wurden jetzt aber durch das Fallen des Vorhangs unterbrochen. Das Publikum erhob sich, und sofort setzte der übliche Tumult ein. Ich ließ Talbot stehen und gab mir alle Mühe, in Madame Lalandes Nähe zu gelangen. Doch mißglückte mir das infolge des Gedränges, und so gab ich die Jagd schließlich auf und lenkte meine Schritte heimwärts. Über das

Mißgeschick, das mir nicht vergönnt hatte, auch nur den Saum ihres Kleides zu berühren, tröstete ich mich mit dem Gedanken, daß ich von Talbot am folgenden Tage in aller Form bei ihr eingeführt werden sollte.

Dieser Tag kam endlich; das heißt, nach einer langen Nacht qualvoller Ungeduld dämmerte der Tag, und nun folgten schneckenlangsam trübe und zahllose Stunden, bis es eins wurde. Doch es heißt ja, „selbst Stambul hat ein Ende“, und so fand auch diese lange Frist ihre Grenze. Die Uhr schlug. Und als der Schlag verklungen war, betrat ich Talbots Wohnung und fragte nach ihm.

„Fort“, sagte der Lakai – Talbots Kammerdiener.

„Fort?“ erwiderte ich und prallte ein paar Schritte weit zurück; „höre, mein schlauer Junge, das ist ganz ausgeschlossen, ganz und gar unmöglich; Mr. Talbot ist nicht fort. Was meinst du damit?“

„Nichts, Herr; nur, Mr. Talbot ist nicht da. Das ist alles. Er ist nach S. hinübergeritten, gleich nach dem Frühstück, und hat hinterlassen, daß er nicht vor Ablauf einer Woche in die Stadt zurückkommen würde.“

Ich stand vor Schreck und Wut versteinert. Ich versuchte, zu entgegnen, doch die Zunge versagte mir den Dienst. Endlich drehte ich mich, krebsrot vor Grimm, auf dem Absatz herum und wünschte das ganze Geschlecht der Talbots zu allen Teufeln. Es war klar, daß mein geschätzter Freund, il fanatico, seine Verabredung mit mir ganz vergessen hatte – sie im Augenblick, wo sie getroffen wurde, vergessen hatte. Er war nie der Mann gewesen, der sein Wort sehr wichtig nahm. Da war nichts zu machen; ich dämpfte also meine Entrüstung, so gut ich konnte, und schritt übelgelaunt die Straße hinunter, indem ich jedem Bekannten, den ich traf, mit belanglosen Fragen nach Madame Lalande zusetzte. Ich fand, daß alle sie vom Hörensagen kannten, viele vom Sehen – sie war aber erst seit einigen Wochen in der Stadt, daher gab es nur wenige, die sich ihrer persönlichen Bekanntschaft rühmen konnten. Und diese wenigen, die ihr verhältnismäßig fremd waren, konnten oder wollten sich nicht die Freiheit herausnehmen, mich durch einen förmlichen Vormittagsbesuch bei ihr einzuführen. Als ich nun so voll Verzweiflung mit einem Freundeskleeblatt über den ausschließlichen Gegenstand meiner Herzensneigung sprach, geschah es, daß dieser Gegenstand selber vorbeikam.

„Bei meinem Leben, da ist sie!“ rief einer.

„Überwältigend schön!“ rief der zweite.

„Ein Engel auf Erden!“ äußerte der dritte.

Ich sah hin; in einem offenen Wagen, der langsam näher kam, saß meine bezaubernde Erscheinung aus der Oper in Begleitung der jungen Dame, die mit ihr in der Loge gewesen war.

„Auch ihre Begleiterin konserviert sich ausgezeichnet“, sagte jener der drei, der zuerst gesprochen hatte.

„Erstaunlich,“ sagte der zweite, „geradezu glänzend; doch Kunst tut Wunder. Auf mein Wort, sie sieht heute besser aus als vor fünf Jahren in Paris. Noch immer eine schöne Frau; – findest du nicht auch, Froissart? – Simpson, meine ich.“

„Noch immer?“ sagte ich. „Und warum sollte sie nicht? Doch verglichen mit ihrer Freundin ist sie wie ein Nachtlicht zum Abendstern – ein Glühwürmchen zum Antares.“

„Ha, ha, ha! – Höre, Simpson, du hast ja eine erstaunliche Begabung, Entdeckungen zu machen – originell, meine ich.“ Und so trennten wir uns, während einer der drei ein lustiges Vaudeville zu summen begann, von dem ich nur die Worte

„Ninon, Ninon, Ninon à bas –

A bas Ninon de I'Enclos!“

auffing.

Eines aber an dieser kleinen Szene hatte wesentlich dazu beigetragen, mich zu trösten, wenngleich es der verzehrenden Leidenschaft neue Nahrung gab. Als der Wagen Madame Lalandes an unsrer Gruppe vorüberfuhr, sah ich, daß sie mich erkannte. Und mehr als dies; sie hatte mir durch ein engelgleiches Lächeln ein unzweideutiges Zeichen des Wiedererkennens gegeben.

Die Hoffnung, bei ihr eingeführt zu werden, mußte ich allerdings vertagen, bis Talbot sich bewogen fühlte, vom Lande zurückzukehren. Inzwischen besuchte ich jede vornehme Vergnügungsstätte, und endlich wurde mir das himmlische Glück zuteil, ihr in dem Theater, in dem ich sie zuerst gesehen hatte, wieder zu begegnen. Das geschah jedoch erst nach Ablauf von vierzehn Tagen. Inzwischen hatte ich jeden Tag in Talbots Wohnung nach ihm gefragt und war jeden Tag durch das standhafte „Noch nicht zurückgekommen“ seines Dieners erneut in einen Wutanfall versetzt worden.

An dem fraglichen Abend geriet ich daher in einen Zustand, der nahe an Verrücktheit grenzte. Madame Lalande, hatte man mir gesagt, war eine Pariserin – war unlängst aus Paris eingetroffen; konnte sie nicht plötzlich dorthin zurückkehren? – Zurückkehren, ehe Talbot wiederkam – und mir so für immer verloren gehen? Der Gedanke war unerträglich. Da mein Zukunftsglück auf dem Spiele stand, beschloß ich, mit männlicher Entschlossenheit zu handeln. Mit einem Wort: als das Stück aus war, folgte ich der Dame bis zu ihrem Hause, notierte die Adresse und sandte ihr am andern Morgen einen langen und ganz ausführlichen Brief, in dem ich ihr mein ganzes Herz ausschüttete.

Ich sprach kühn, frei – kurz, ich sprach mit Leidenschaft. Ich verbarg nichts – auch von meiner Schwachheit nichts. Ich berief mich auf die romantischen Umstände unsrer ersten Begegnung – sogar auf die Blicke, die zwischen uns getauscht worden waren. Ich ging so weit, zu sagen, ich sei von ihrer Liebe überzeugt, während ich diese Gewißheit und meine eigne innige Ergebenheit als zwei Entschuldigungsgründe für mein andernfalls unverzeihliches Betragen anführte. Als dritten Grund nannte ich meine Besorgnis, sie könne die Stadt verlassen, ehe mir Gelegenheit zu einer offiziellen Einführung bei ihr geboten werde. Ich schloß diese begeistertste aller Episteln mit einer freimütigen Darlegung meiner äußeren Umstände – meines Reichtums – und mit dem Anerbieten von Herz und Hand.

In wahrer Todesangst sah ich der Antwort entgegen. Nachdem ein Jahrhundert verflossen zu sein schien, kam sie.

Ja, sie kam. So romantisch es scheinen mag, ich bekam tatsächlich von Madame Lalande einen Brief – von der schönen, der wohlhabenden, der angebeteten Madame Lalande. Ihre Augen – ihre prachtvollen Augen – hatten ihr edles Herz nicht Lügen gestraft. Als echte Französin, die sie war, ließ sie sich von dem Freimut ihres Geistes, vom edlen Impuls ihrer Natur leiten und setzte sich über die konventionelle Prüderie hinweg. Sie verschmähte meinen Antrag nicht. Sie hüllte sich nicht in Schweigen. Sie schickte meinen Brief nicht uneröffnet zurück. Sie beantwortete ihn sogar mit einem von ihren eignen holden Fingern geschriebenen Brief. Er lautete so:

„Mr. Simpson vird fersein mier fuer nict ausuebn der shoenn Sprac von seine lant so goutt als solte sein. Es ise ers kuerzlig das ic bin komen un ab jez nog nic geab der gueleguene it fon zu ir – l'étudier.

Mit disen Enshoultigoung fur du manière, ic vill hélas! – Monsieur Simpson guerat at nur nun sag das, ßou vahr. Ise noetic ic Sagen meer? Hélas! ab ic shon ßou vill sagen meine Err?

Eugénie Lalande“

Dieses edelsinnige Briefchen küßte ich tausendmal und beging in Freude darüber zweifelsohne unzählige andere Dummheiten, die jetzt meinem Gedächtnis entfallen sind. Noch immer wollte Talbot nicht zurückkehren. Ach, hätte er nur die leiseste Ahnung gehabt, welche Qualen seine Abwesenheit seinem Freunde brachte – würde seine mitfühlende Seele nicht sofort zu meiner Befreiung herbeigeeilt sein? Jedoch, er kam nicht. Ich schrieb. Er erwiderte. Er sei durch dringende Geschäfte zurückgehalten, komme aber bald wieder. Er bat mich, nicht ungeduldig zu sein, meine Aufregung zu mäßigen, beruhigende Lektüre zu wählen, keine stärkeren Getränke als Limonade zu genießen und die Tröstungen der Philosophie zu Hilfe zu nehmen. Der Narr! Wenn er nicht selber kommen konnte, warum konnte er mir nicht vernünftigerweise einen Empfehlungsbrief beilegen? Ich schrieb wieder und ersuchte ihn, sogleich einen zu senden. Mein Brief wurde mir von seinem Diener mit folgender Bleistiftnotiz zurückgesandt. Der Schurke hatte sich zu seinem Herrn aufs Land hinausbegeben.

„Hat S . . . gestern verlassen, unbekannt wohin – hat nichts darüber gesagt – auch nicht, wann er zurückkommt – hielt es daher fürs beste, Brief zurückzugeben, da ich Ihre Handschrift kenne und Sie es immer mehr oder weniger eilig haben.

Ihr ergebener

Taps"

Es ist überflüssig, zu sagen, daß ich hiernach Herrn und Diener zu allen Teufeln wünschte; doch Ärger konnte wenig nützen, und alles Klagen brachte keinen Trost.

Eine Zuflucht aber bot mir mein erfinderischer Wagemut. Bis hierher hatte er mir gut gedient, und ich beschloß nun, daß er mich zum Ziel bringen sollte. Gab es denn überhaupt noch nach dem Briefwechsel, der zwischen uns stattgefunden hatte, irgendeine nur gegen den guten Ton verstoßende Tat, die Madame Lalande mir noch als ungehörig anrechnen würde? Seit dem Ereignis mit dem Brief hatte ich die Gewohnheit angenommen, ihr Haus zu beobachten, und dabei herausgefunden, daß sie zur Dämmerstunde nur in Begleitung eines Negers in Livree auf einem öffentlichen Platz spazieren zu gehen pflegte, der vor ihren Fenstern lag. Hier unter üppigen, schattenspendenden Baumkronen ergriff ich im grauen Dämmerschein eines lieblichen Hochsommerabends die Gelegenheit, sie anzureden.

Um den begleitenden Diener irrezuführen, tat ich das mit der gelassenen Miene eines alten und vertrauten Bekannten. Mit echt pariserischer Geistesgegenwart ging sie sogleich auf dieses Spiel ein und hielt mir zum Gruß die berückende kleine Hand entgegen. Der Lakai zog sich sofort in den Hintergrund zurück, und nun sprachen wir mit überströmend vollen Herzen lang und rückhaltlos von unsrer Liebe.

Da Madame Lalande das Englische noch schlechter sprach, als sie es schrieb, so führten wir unser Gespräch notgedrungen auf französisch. In dieser betörenden und leidenschaftlichen Sprache ließ ich meinen ungestümen Gefühlen freien Lauf und suchte sie mit aller nur verfügbaren Beredsamkeit zu einer sofortigen Heirat zu bestimmen.

Sie lächelte über diese Ungeduld. Sie erwähnte den zu wahrenden Anstand, diesen Popanz, der so viele schon der Seligkeit beraubte, bis die Gelegenheit verpaßt war. Sie sagte, ich hätte höchst unklugerweise meine Freunde wissen lassen, daß ich ihre Bekanntschaft suchte – daß ich sie also nicht besaß – somit war keine Möglichkeit, das Datum unseres Bekanntwerdens zu verheimlichen. Und dann wies sie errötend darauf hin, wie äußerst jung dieses Datum sei. Sofort zu heiraten, wäre unangebracht – wäre gegen die gute Sitte – wäre outré! All das sagte sie mit einer reizenden Naivität, die mich entzückte, während sie mich gleichzeitig betrübte und überzeugte. Sie ging sogar so weit, mich lachend der Überstürzung, der Unvorsichtigkeit zu zeihen. Sie bat mich, zu bedenken, daß ich wirklich nicht einmal wüßte, wer sie sei – wie ihre Verhältnisse seien, was für Beziehungen und welche gesellschaftliche Stellung sie habe. Sie bat mich, aber mit einem Seufzer, meinen Antrag zu überdenken, und nannte meine Liebe Verblendung – einen leichtsinnigen Streich – eine Augenblickslaune – eher ein grundloses und schwankendes Spiel meiner Phantasie als eine Herzensfrage. Diese Dinge brachte sie vor, während das sanfte Zwielicht uns dunkler und dunkler umschattete, und dann warf sie mit einem zarten Druck ihrer feenhaften Hand in einem einzigen süßen Augenblick all das Zeug, das sie zum Beweise angeführt hatte, wieder über den Haufen.

Ich erwiderte, so gut ich konnte – wie nur ein ehrlich Liebender es kann. Ich sprach lange und eindringlich von meiner Ergebenheit, meiner Leidenschaft, von ihrer außerordentlichen Schönheit und meiner begeisterten Bewunderung. Zum Schluß verweilte ich mit überzeugender Gewalt bei den Gefahren, die den Lauf der Liebe umgeben, jenen Strom der wahren Liebe, der niemals sanft dahinfließt, und leitete davon die naheliegende Gefahr ab, daß dieser Lauf unnötig auf seinem Wege gehemmt werde.

Das letzte Argument schien endlich ihren strengen Entschluß zu mildern. Sie gab nach; da sei aber noch ein Hemmnis, sagte sie, das ich nach ihrer Überzeugung nicht genügend beachtet hätte. Es sei ein heikler Punkt – für eine Frau besonders schwer vorzubringen; wenn sie ihn erwähne, so müsse sie ihrer Feinfühligkeit ein Opfer auferlegen – dennoch, für mich solle jedes Opfer gebracht werden. Sie wies auf den Altersunterschied hin. Ob mir bewußt sei – ob mir die wahre Natur solchen Abstandes zwischen uns voll bewußt sei? Daß das Alter des Mannes das der Frau um ein paar Jahre – um fünfzehn bis zwanzig sogar – übersteige, werde von der Welt für zulässig gehalten und sogar für richtig; sie habe aber stets die Ansicht vertreten, daß niemals die Frau den Gatten an Jahren übertreffen dürfe. Ein derart unnatürliches Verhältnis sei allzuoft Ursache eines unglücklichen Daseins. Nun wisse sie, daß mein Alter nicht mehr als zweiundzwanzig Jahre betrage, ich aber wisse dagegen wohl nicht, daß die Lebensjahre meiner Eugénie diese Zahl ganz beträchtlich überstiegen.

Auf alledem lag ein Adel der Seele, eine Würde und Redlichkeit, die mich entzückten – bezauberten – mich in ewige Fesseln schlugen. Ich konnte meine ungeheure Ergriffenheit kaum meistern.

„Meine süßeste Eugénie," rief ich, „was soll das alles, was Sie da reden? Sie sind einige Jahre älter als ich. Doch was ist dabei? Die Gebräuche der Welt sind ebensoviele konventionelle Torheiten. Wer so liebt wie wir – ist dem ein Jahr mehr als eine Stunde? Ich bin zweiundzwanzig, sagen Sie; zugegeben. Sie könnten mir aber wirklich gleich dreiundzwanzig zuerkennen. Sie nun, meine liebste Eugénie, können nicht mehr zählen als – können nicht mehr zählen als – nicht mehr als – als – als – als –"

Hier machte ich eine Pause, in der Erwartung, daß Madame Lalande mich mit der Angabe ihres wirklichen Alters unterbrechen würde. Eine Französin aber ist selten deutlich und hat auch immer auf eine verwirrende Frage eine schlagfertige und geistreiche Antwort bereit. Eugénie, die seit ein paar Augenblicken in ihrem Mieder etwas zu suchen schien, ließ gerade jetzt ein Miniaturbild zu Boden fallen, das ich sofort aufhob und ihr reichte.

„Behalten Sie es!“ sagte sie mit ihrem bezauberndsten Lächeln. „Behalten Sie es um meinetwillen – die nur allzu geschmeichelt auf ihm dargestellt ist. Übrigens können Sie auf der Rückseite des Kleinods vielleicht die Aufklärung finden, die Sie zu suchen scheinen. Allerdings ist es inzwischen ziemlich dunkel geworden – Sie können es aber morgen früh nach Gefallen betrachten. Inzwischen wollen Sie mich heute abend heimbegleiten. Meine Freunde kommen zu einem kleinen musikalischen Lever. Ich kann Ihnen auch einige gute Gesangsvorträge zusichern. Wir Franzosen sind lange nicht so steif wie ihr Amerikaner; ich kann Sie dabei unschwer als eine alte Bekanntschaft bei mir einschmuggeln.“

Damit nahm sie meinen Arm, und ich geleitete sie heim. Das Haus war recht schön und, wie ich glaube, geschmackvoll eingerichtet. Über diesen Punkt kann ich allerdings kaum ein Urteil abgeben, denn als wir ankamen, wurde es gerade dunkel, und in guten amerikanischen Häusern wird in der heißen Sommerzeit selten zu dieser angenehmsten Tagesstunde Licht gemacht. Gewiß, etwa eine Stunde nach meiner Ankunft wurde in dem eigentlichen Gesellschaftsraum eine einzelne gedämpfte große Lampe erhellt, und dieser Raum war, wie ich nun sehen konnte, mit ungewöhnlichem Geschmack und sogar prunkvoll eingerichtet; zwei andre Gemächer der Zimmerflucht aber, in denen sich die Gesellschaft in der Hauptsache aufhielt, blieben den ganzen Abend über in wohltuendem Halbdunkel. Dies ist ein löblicher Brauch, seinen Gästen wenigstens zwischen Licht und Schatten die Wahl zu lassen – ein Brauch, den unsre Freunde überm Wasser unverzüglich übernehmen sollten.

Der Abend, den ich da verbrachte, war fraglos der köstlichste meines Lebens. Madame Lalande überschätzte die musikalischen Fähigkeiten ihrer Freunde nicht, und einen so guten Gesang wie hier hatte ich außer in Wien nirgends in einem häuslichen Kreise vernommen. Es waren viele vortreffliche Musiker da. Der Gesang aber wurde meist von Damen bestritten, und es war keine unter ihnen, die nicht wenigstens Gutes gegeben hätte. Schließlich, als ein hartnäckiger Ruf nach „Madame Lalande“ erscholl, erhob sie sich ohne Zieren und Zögern von der Chaiselongue, auf der sie an meiner Seite gesessen hatte, und begab sich in Begleitung einiger Herren und ihrer Freundin aus der Oper zum Klavier im großen Gesellschaftszimmer. Ich würde sie selbst dorthin begleitet haben, bedachte aber, daß ich unter den Umständen, unter denen ich in das Haus eingeführt worden war, besser unbeachtet blieb, wo ich mich befand. Ich wurde so der Freude beraubt, sie singen zu sehen, nicht aber, sie zu hören.

Der Eindruck, den sie auf die Gesellschaft machte, war wie elektrisierend; der Eindruck auf mich aber war mehr als das. Ich weiß nicht, wie ich ihn richtig beschreiben soll. Zweifellos erwuchs er zum Teil dem Gefühl der Liebe, das mich durchdrang; in der Hauptsache aber mußte er meiner Überzeugung nach doch auf die wunderbare Gemütstiefe der Sängerin zurückgeführt werden. Keine Kunst könnte eine Arie oder ein Rezitativ mit leidenschaftlicherem Ausdruck wiedergeben, als es ihre tat. Ihre Darbietung der Romanze aus Othello“ – der Ton, mit dem sie die Worte „Sul mio sasso“ aus dem „Capuletti“ gab – klingt mir noch jetzt in den Ohren. Ihre tiefen Töne waren geradezu übernatürlich. Ihre Stimme umfaßte drei volle Oktaven, vom D des Kontra-Alt bis zum D des oberen Sopran; sie hätte ausgereicht, um das Theater San Carlos zu füllen, und bewältigte mit spielender Sicherheit jede schwere Passage der Gesangkomposition – Tonleitern hinauf und hinunter, Kadenzen oder „fiorituri“. Im Finale der „Somnambula“ hatte sie eine ganz besondere Wirkung mit den Worten

„Ah! non giunge uman pensiero
Al contento ond' io son piena.“

Hier – in einer Nachahmung der Malibran – änderte sie den Originalsatz Bellinis dahin ab, daß sie die Stimme bis zum Tenor-G hinabsteigen ließ, um dann in plötzlichem Übergang das dreigestrichene G zu bringen. Sie übersprang also einen Raum von zwei Oktaven.

Nach dieser stimmlichen Wunderleistung erhob sie sich vom Klavier und nahm ihren Sitz an meiner Seite wieder ein; in den Ausdrücken tiefster Ergriffenheit sprach ich mein Entzücken über das Gehörte aus. Von meiner Überraschung sagte ich nichts, und doch war ich in Wahrheit höchst überrascht gewesen; denn eine leise Schwäche oder vielmehr ein gewisses Zittern in ihrer Stimme beim Sprechen hatte mich vermuten lassen, sie werde beim Singen keine besonderen Fähigkeiten entwickeln. Wir führten nun eine lange, ernste, ununterbrochene und rückhaltlose Unterhaltung. Sie ließ mich viel aus meiner Vergangenheit erzählen und lauschte mit atemloser Aufmerksamkeit jedem Wort. Ich verheimlichte nichts – ich fühlte, daß ich vor ihrer vertrauenden Zuneigung nichts zu verbergen brauchte. Ermutigt durch ihre Offenheit in der heiklen Altersfrage, gab ich nicht nur eine unverhüllte Schilderung all meiner kleinen Fehler, sondern legte ein volles Bekenntnis jener moralischen und sogar jener leiblichen Gebrechen ab, deren Enthüllung ein um so stärkerer Beweis von wahrer Liebe ist, je mehr Mut sie erfordert. Ich berührte die Unbesonnenheiten meiner Studentenzeit, meine Torheiten, meine Gelage, meine Schulden, meine Liebeleien. Ich ging sogar so weit, von einem leichten hektischen Husten zu reden, der mich einmal geplagt hatte – von einem chronischen Rheumatismus – von einer kleinen Belästigung durch ererbte Gicht – und ganz zuletzt sogar noch von der unangenehmen und peinlichen, bis jetzt aber stets sorgsam geheimgehaltenen Schwäche meiner Augen.

„In diesem Punkt war Ihre Beichte sicher unklug,“ sagte Madame Lalande mit einem Lächeln, „denn ich bin sicher, daß ohne Ihr Geständnis keiner Sie dieses Gebrechens bezichtigt haben würde. Übrigens“, fuhr sie fort, „entsinnen Sie sich vielleicht“ – und hier war es mir, als bemerkte ich trotz der Dunkelheit im Räume ein Erröten bei ihr – „mon cher ami, entsinnen Sie sich vielleicht dieses kleinen Augenglases, das ich hier am Halse trage?“

Während sie das sagte, drehte sie das nämliche Augenglas zwischen den Fingern, das mich in der Oper so namenlos verwirrt hatte.

„Ach! ganz genau entsinne ich mich“, rief ich und preßte leidenschaftlich die zarte Hand, die mir das Glas zum Betrachten reichte. Es war ein luxuriöser, reich ziselierter und mit Edelsteinen gezierter Gegenstand, der, wie ich sogar bei dem herrschenden Halbdunkel erkennen konnte, von hohem Werte sein mußte.

„Eh bien, mon ami,“ begann sie mit einer Eindringlichkeit, die mich überraschte – „Eh bien, mon ami, Sie haben mich feierlich um eine Gunst ersucht, die Sie liebenswürdigerweise unbezahlbar nannten. Sie haben mich für morgen um meine Hand gebeten. Sollte ich Ihren Bitten – und, wie ich hinzufügen kann, den Wünschen meines eigenen Herzens – nachgeben, wäre ich da nicht berechtigt, eine kleine – sehr kleine Gegengunst zu erbitten?“

„Nenne sie!“ rief ich mit einer Kraft, die beinahe die Aufmerksamkeit der Gäste auf uns gelenkt hätte, deren Anwesenheit allein mich zurückhielt, ihr ungestüm zu Füßen zu fallen. „Nenne sie! Geliebte, meine Eugénie, du, die Meine! – Nenne sie! – Doch ach, sie ist ja schon im voraus gewährt.“

„So sollen Sie denn, mon ami,“ sagte sie, „jener Eugénie zuliebe, die Sie lieben, die soeben bekannte kleine Schwäche bekämpfen – diese mehr moralische als physische Schwäche –, die, ich versichere es, so wenig zu dem Adel Ihrer wahren Natur paßt – so gar nicht mit der sonstigen Freimütigkeit Ihres Charakters übereinstimmt – und die, wenn mir noch ein Hinweis erlaubt ist, Sie bestimmt früher oder später einmal in Unannehmlichkeiten bringen wird. Sie sollen um meinetwillen diese Eitelkeit überwinden, die, wie Sie selbst gestehen, Sie veranlaßt, die Schwäche Ihrer Augen zu verheimlichen. Denn in Wahrheit leugnen Sie doch diese Schwäche ab, indem Sie sich weigern, das

Hilfsmittel dagegen anzuwenden. Sie werden also verstehen, daß ich Sie veranlassen möchte, eine Brille zu tragen, – ah, still! – Sie haben ja schon zugestimmt, sie mir zuliebe tragen zu wollen. Sie sollen das kleine Ding hier in meiner Hand von mir annehmen, das, so unschätzbar es auch als Augenglas ist, als Schmuckstück keinen allzugroßen Wert bedeutet. Sie sehen, daß es durch eine kleine Veränderung, so – oder so – als Brille aufgesetzt oder in der Westentasche als Einglas getragen werden kann. Sie haben mir aber bereits zugesagt, es in ersterer Gestalt und gewohnheitsmäßig – um meinetwillen – tragen zu wollen."

Ich muß gestehen, daß dieses Verlangen mich nicht wenig verwirrte. Die Bedingung aber, an die es geknüpft war, stellte natürlich jedes Zögern außer Frage.

„Es sei!" rief ich mit aller Begeisterung, die ich im Augenblick aufbringen konnte. „Es sei – ich stimme freudig zu. Ich opfere um deinetwillen jede Empfindsamkeit. Heute trage ich dieses liebe Augenglas als Einglas und auf meinem Herzen; mit dem ersten Grauen des Morgens aber, der mir das Glück bringt, dich mein Weib zu nennen, will ich es auf meine – auf meine Nase setzen – und künftighin dort belassen, in der weniger romantischen und weniger kleidsamen, sicher aber dienlicheren Form, die du wünschest."

Unser Gespräch wandte sich jetzt den Einzelheiten unsrer Vereinbarung für den kommenden Tag zu. Talbot, so erfuhr ich von meiner Verlobten, war soeben in der Stadt angekommen. Ich sollte ihn sogleich aufsuchen und einen Wagen besorgen. Die Soiree würde kaum vor zwei Uhr beendet sein, und um diese Stunde sollte das Gefährt vor der Tür sein. Bei dem Durcheinander der sich entfernenden Gäste würde es Madame Lalande leicht sein, unbeobachtet Platz zu nehmen. Dann sollten wir bei einem Geistlichen vorfahren, der uns erwarten würde, von ihm getraut werden, Talbot absetzen und eine kurze Reise nach dem Osten antreten – die große Welt hinter uns lassend, die dann den Fall nach Gutdünken durchhecheln mochte.

Nachdem das alles verabredet war, entfernte ich mich sofort und begab mich auf die Suche nach Talbot, doch konnte ich mich unterwegs nicht zurückhalten, in ein Gasthaus einzutreten, um die Miniatur zu betrachten; ich tat es mit Hilfe der ausgezeichneten Gläser. Das Antlitz war überwältigend schön. Die großen strahlenden Augen! Die stolze griechische Nase! Die dunklen üppigen Locken! – „Ah!" sprach ich frohlockend zu mir selbst, „das ist wahrhaftig das sprechende Ebenbild meiner Geliebten!" – Ich betrachtete die Rückseite und entdeckte die Worte – „Eugénie Lalande – siebenundzwanzig Jahre und sieben Monate."

Ich fand Talbot zu Hause und begann ohne weiteres, ihn mit meinem Glück bekannt zu machen. Er war natürlich ungemein erstaunt, gratulierte mir aber sehr herzlich und erbot sich zu jedem Beistand, der in seiner Macht liege. Mit einem Wort, wir führten unsere Verabredung pünktlich aus, und um zwei Uhr morgens, genau zehn Minuten nach der Zeremonie, befand ich mich mit Madame Lalande – mit Madame Simpson wollte ich sagen – in einem geschlossenen Wagen, der mit größter Geschwindigkeit aus der Stadt hinausfuhr, in nord-nordöstlicher Richtung.

Talbot hatte uns veranlaßt, da wir die ganze Nacht auf sein mußten, in C . . . unsern ersten Halt zu machen, einem etwa zwanzig Meilen hinter der Stadt gelegenen Dorf; dort sollten wir ein Frühstück und ein wenig Ruhe genießen, ehe wir unsere Reise fortsetzten. Punkt vier Uhr fuhr also der Wagen bei dem ersten Gasthof im Orte vor. Ich half meiner angebeteten Gattin heraus und bestellte sodann das Frühstück. Inzwischen wies man uns in ein kleines Zimmer, und wir nahmen Platz.

Es war indessen beinahe, wenn nicht völlig, Tag geworden, und als ich entzückt auf den Engel an meiner Seite blickte, kam mir ganz plötzlich der seltsame Gedanke, daß dies seit meiner Bekanntschaft mit der berühmten Schönheit Madame Lalande tatsächlich der erste Augenblick war, wo ich diese Schönheit bei Tageslicht aus der Nähe betrachten durfte.

„Und nun, mon ami,“ sagte sie, indem sie meine Hand nahm und so meinen Gedankengang unterbrach, „und nun, mon cher ami,“ da wir unlöslich vereint sind – da ich deinen leidenschaftlichen Bitten nachgegeben und meinen Teil der Vereinbarung erfüllt habe, nehme ich an, du hast nicht vergessen, daß auch du mir eine kleine Gunst zu erweisen hast – ein kleines Versprechen, das du gewiß erfüllen willst. Laß mich sehen! Laß mich nachdenken! Ja; ich erinnere mich unschwer des genauen Wortlauts des lieben Versprechens, das du deiner Eugénie heute nacht gegeben hast. Höre! So sagtest du: „Es sei – ich stimme freudig zu. Ich opfere um Deinetwillen jede Empfindsamkeit! Heute trage ich dieses liebe Augenglas als Einglas und auf meinem Herzen; mit dem ersten

Grauen des Morgens aber, der mir das Glück bringt, dich mein Weib zu nennen, will ich es auf meine – auf meine Nase setzen – und künftighin dort belassen, in der weniger romantischen und weniger kleidsamen, sicher aber dienlicheren Form, die du wünschest." Das waren genau die Worte, mein geliebter Mann, nicht wahr?"

„So ist es," sagte ich, „du hast ein ausgezeichnetes Gedächtnis; und selbstredend, meine schöne Eugénie, habe ich auch nicht die Absicht, das kleine Versprechen, das diese Worte enthalten, zu umgehen. Sieh! Schau her! Ist sie nicht – eigentlich – ganz kleidsam?" Und hier setzte ich die Brille, in die ich das Glas zunächst umgewandelt hatte, behutsam auf, während Madame Simpson ihre Haube zurechtrückte, die Arme kreuzte und herausfordernd, sogar recht steif und geziert und in nicht sehr würdevoller Haltung in ihrem Stuhle saß.

„Gott steh mir bei!" rief ich fast im gleichen Augenblick, als die Brille mir auf der Nase saß – „Herrgott, steh mir bei! – Was, was kann denn nur mit der Brille los sein?" Und rasch nahm ich sie ab, rieb sie sorgsam mit einem seidenen Taschentuch und setzte sie wieder auf.

Wenn aber im ersten Augenblick sich nur etwas ereignet hatte, was mich überraschte, so wurde im nächsten Augenblick die Überraschung zum Erstaunen, und dies Erstaunen war tief – war grenzenlos – ja, ich kann sagen, es war grauenvoll. Bei allem, was scheußlich ist, was hatte das zu bedeuten? Konnte ich meinen Augen trauen? – konnte ich? – Da lag die Frage. War das – war das – war das „Rouge“? Und waren das – waren das – waren das Runzeln im Antlitz Eugénie Lalandes? Und, o Jupiter! Und bei allen Göttern, den großen wie den kleinen! Was – was – was – was war aus ihren Zähnen geworden? Ich schleuderte die Brille heftig zu Boden, sprang auf die Füße und stand aufrecht mitten im Zimmer Mrs. Simpson gegenüber, die Arme in die Hüften gestemmt; ich knirschte, ich raste, war aber gleichzeitig einfach sprachlos und hilflos vor Wut und Entsetzen.

Nun habe ich ja schon gesagt, daß Madame Eugénie Lalande – das heißt Simpson – die englische Sprache kaum besser reden als schreiben konnte, und aus dem Grunde versuchte sie wohlweislich nie, sie für gewöhnlich anzuwenden. Die Wut aber kann eine Dame zum Äußersten treiben, und im vorliegenden Falle trieb sie Mrs.

Simpson zu dem wirklich außerordentlichen Einfall, eine Rede in einer Sprache zu halten, die sie nicht ganz beherrschte.

„Nun, Err! Un vas denn? Vas sein loß? Sein es den Danz von der Sank Veit, der Sie aben? Wenn nikt mögen mir, was dann kauf Katz in Sack?“

„Du Hexe!“ sagte ich, nach Atem ringend – „du – du – du widerliches altes Scheusal!“

„Scheusal? – alde? – Ick gar nikt so serr alde! Ick kein Dag merr als zweiunakzig.“

„Zweiundachtzig!“ stammelte ich und tastete nach der Wand – „Zweiundachtzigtausend Paviane! Auf der Miniatur stand siebenundzwanzig Jahre und sieben Monate!“

„Gewiß! Dat ise so – serr wahr! Aberr dann der portraite sein gemakt vor fünfundfünzig Jahr. Als ick gingte su eirat mein sweite Mann, Monsieur Lalande, da lassen ick nehmen der portraite für mein Tochter aus erster eirat mit Monsieur Moissart.“

„Moissart?“ sagte ich.

„Ja, Moissart," sagte sie, meine allerdings nicht einwandfreie Aussprache nachahmend; „un was ise? Was Sie wissen von die Moissart?"

„Nichts, du alte Vogelscheuche! – Gar nichts weiß ich von ihm; ich habe nur seinerzeit mal einen Vorfahren dieses Namens gehabt."

„Diese Namen! Un was aben Sie zu sagen ieber diese Namen? Ise serr gutt Namen. Un auch Voissart – ise serr gutt Namen. Mein Tochter, Mademoiselle Moissart, sie eirat ein Err Voissart, und die beiden Namen ise serr achtbare Namen."

„Moissart?" rief ich, „und Voissart? Ja, was meinen Sie damit?"

„Vas ick meinen? – Ick meinen Moissart und Voissart, un meinen Croissart und Froissart, wann ick nur Lust ab, so ßu meinen. Die Tochter von mein Tochter, sie eirat ein Err Croissart, un dann die Enkel von mein Tochter, Mademoiselle Croissart, sie eirat ein Err Froissart, un Sie volle sag, das ise nickt serr achtbare Namen?"

„Froissart!" sagte ich, einer Ohnmacht nahe. „Du willst doch wohl nicht sagen Moissart und Voissart und Croissart und Froissart?"

„Ja“, erwiderte sie, lehnte sich tief in ihren Stuhl zurück und streckte die unteren Gliedmaßen weit von sich; „jawohl, Moissart un Voissart un Croissart un Froissart. Aberr Monsieur Froissart, er warr eine serr großmächtig Esel – er war eine serr großmächtige Dummkopf wie Ihnen – denn er sein fort von la belle France für kommen su diesen dummen Amérique – un wann er kamte ier, er nahmte eine serr dumme, eine serr, serr dumme Sonn, wie ick ör, aber ick noch nickt aben das plaisir, im su begegnen – weder ick, noch mein Freindin Madame Stephanie Lalande. Er ise genennen Napoleon Buonaparte Froissart, un Sie vollen etwa sag, auch das sein keine achtbar Namen?“

Die Länge oder der Inhalt ihrer Rede brachte Mrs. Simpson in eine gewaltige Aufregung, und um diesen Redestrom austoben zu lassen, sprang sie plötzlich wie behext vom Stuhle auf und erhob sich mit gewaltigem Gepolter auf die Beine. Als sie endlich stand, fletschte sie die Zähne, reckte die Arme, rollte die Ärmel auf, schüttelte mir die Faust ins Gesicht und endete dies Gehabe, indem sie die Haube vom Kopfe riß und mit ihr eine mächtige Perücke von kostbarstem und schönstem schwarzen Haar, was sie alles mit

Geheul zu Boden warf, um in geradezu rasender Wut einen Fandango darauf zu tanzen.

Inzwischen sank ich entgeistert in den von ihr verlassenen Stuhl. „Moissart und Voissart!“ wiederholte ich gedankenvoll, als sie eine wilde Drehung machte, „und Croissart und Froissart!“, als sie sich wieder zurückdrehte – „Moissart und Voissart und Croissart und Napoleon Buonaparte Froissart! – He! du unglaubliche alte Schlange, das bin ich – das bin ich – hörst du? Das bin ich“ – hier schrie ich mit meiner schrillsten Stimme – „das bin i-i-ich! Ich bin Napoleon Buonaparte Froissart! Und der Henker soll mich holen, wenn ich nicht meine Ururgroßmutter geheiratet habe!“

In allem Ernst, Madame Eugénie Lalande quasi Simpson, früher Moissart, war meine Ururgroßmutter. In ihrer Jugend war sie schön gewesen, und selbst mit Zweiundachtzig behielt sie noch die majestätische Gestalt, den edlen Umriß des Hauptes, die schönen Augen und die griechische Nase ihrer Jugendzeit. Dadurch und mit Hilfe von Perlpuder, Rouge, falschen Haaren, falschen Zähnen und falscher „Tournüre“ und unterstützt von den geschicktesten Pariser Modistinnen, gelang es ihr, mit jenen Schönheiten der französischen Metropole, die schon ein wenig passé waren, leidlich

Schritt zu halten. In dieser Hinsicht mochte man sie wirklich nicht geringer einschätzen als die berühmte Ninon de l'Enclos.

Sie besaß ungeheuren Reichtum, und da sie wiederum Witwe und kinderlos war, hatte sie sich auf mein Dasein in Amerika besonnen und kam, um mich zu ihrem Erben zu machen, nach den Vereinigten Staaten, in Begleitung einer entfernten und wunderschönen Verwandten von seiten ihres zweiten Gatten – einer Madame Stephanie Lalande.

In der Oper erregte ich durch mein Hinschauen die Aufmerksamkeit meiner Ururgroßmutter, und als sie mich durch das Augenglas betrachtete, wurde sie von einer gewissen Familienähnlichkeit mit sich selber überrascht. Dadurch interessiert, und weil sie wußte, daß der gesuchte Erbe sich gegenwärtig in der Stadt aufhielt, wandte sie sich mit Fragen über mich an ihre Begleitung. Der Herr in ihrer Gesellschaft kannte mich vom Sehen und sagte ihr, wer ich sei. Die Aufklärung veranlaßte sie, ihre Beobachtung von neuem aufzunehmen, und diese eingehende Besichtigung war es, die mich so kühn machte, daß ich mich in der bereits geschilderten Weise benahm. Sie erwiderte jedoch meinen Gruß in der Meinung, durch irgendeinen sonderbaren Zufall habe ich erfahren, wer sie sei. Als ich, von meiner schwachen Sehkraft und den Toilettenkünsten über Alter und Reize der fremden Dame getäuscht, Talbot so begeistert fragte, wer sie sei, nahm er als selbstverständlich an, daß ich die jüngere Schönheit meinte, und sagte also sehr wahr, es sei „die berühmte Witwe Madame Lalande“.

Am nächsten Morgen begegnete meine Ururgroßmutter auf der Straße Talbot, einer alten Pariser Bekanntschaft, und ganz natürlich bezog das Gespräch sich auf mich. Meine Kurzsichtigkeit wurde erörtert, denn die war offenkundig, so unbekannt auch mir selbst diese Offenkundigkeit blieb, und meine gute alte Verwandte entdeckte sehr zu ihrem Leidwesen ihren Irrtum, als sie glaubte, ich kenne sie, und daß ich mich nur selber furchtbar bloßgestellt hatte, indem ich im Theater mit einer fremden alten Frau öffentlich kokettierte. Um mich für diese Unvorsichtigkeit zu strafen, schloß sie mit Talbot ein Komplott. Er ging mir absichtlich aus dem Wege, um mich nicht einführen zu müssen. Meine Erkundigungen auf der Straße nach der entzückenden Witwe Madame Lalande wurden natürlich auf die jüngere Dame bezogen, und so kann man sich die Unterredung mit den drei Herren, die ich kurz nach dem Verlassen von Talbots Wohnung ansprach, leicht erklären, ebenso ihre Bezugnahme auf Ninon de l' Enclos. Ich hatte keine Gelegenheit, Madame Lalande bei Tageslicht aus der Nähe zu sehen, und bei ihrer musikalischen Soiree hinderte mich mein alberner Verzicht auf helfende Augengläser, ihr Alter herauszufinden. Als man „Madame Lalande“ zu singen bat, war die jüngere Dame gemeint, und sie war es, die sich erhob, um dem Rufe zu folgen; meine Ururgroßmutter aber erhob sich gleichzeitig, um die Täuschung durchzuführen, und begleitete sie ans Piano im großen Gesellschaftszimmer. Hätte ich mich entschlossen, sie dorthin zu begleiten, so hätte sie mir nahegelegt, es sei ratsamer, zu bleiben, wo ich war; meine eigene Vorsicht machte das aber überflüssig. Der Gesang, den ich so tief bewunderte und der meinen Eindruck von der Jugend meiner Angebeteten so befestigte, entströmte dem Munde der Madame Stephanie Lalande. Das Augenglas wurde mir überreicht, um dem Spott die Schmach hinzuzufügen – der hohnvollen Täuschung noch einen Stachel zu geben. Das Geschenk bot Gelegenheit zu einer Vorlesung über Zuneigung, mit der man mich besonders erbaute. Es ist recht überflüssig, zu sagen, daß die Gläser des Instruments, wie die alte Dame sie benutzte, gegen ein

Paar meinen Jahren besser passende ausgetauscht worden waren. Tatsächlich paßten sie mir vorzüglich.

Der Geistliche, der nur so tat, als knüpfe er die fatale Schlinge, war ein guter Freund Talbots und kein Priester. Jedenfalls war er ein gewandter Betrüger, und als er das Unterkleid des Geistlichen mit einem Überrock vertauscht hatte, kutschierte er mit seiner Mähre das „glückliche Paar" zur Stadt hinaus. Talbot nahm neben ihm Platz. Die beiden Schurken hatten sich also mitgeschmuggelt und ergötzten sich daran, durch ein halboffenes Fenster des Gastzimmers die Lösung des Dramas mitanzusehen. Ich werde wohl genötigt sein, sie alle beide zu fordern.

Immerhin, ich bin nicht der Gatte meiner Ururgroßmutter, und das ist ein Bewußtsein, das sehr befreiend wirkt; aber ich bin der Gatte von Madame Lalande – von Madame Stephanie Lalande –, denn meine gute alte Verwandte, die mich zu ihrem einzigen Erben nach ihrem Tode ernannt hat – wenn sie je stirbt – hat sich bemüht, aus uns ein Paar zu machen. Zum Schluß: ich bin ein für allemal fertig mit „billets-doux" und lasse mich nie mehr ohne Brille blicken.